ENVIADO ESPECIAL

20 escritores hispanos retratan su relación con Cuba

ENVIADO ESPECIAL

20 escritores hispanos retratan su relación con Cuba

Editor Hernán Vera Alvarez

www.suburbanoediciones.com | @suburbanocom

aquí, en La Habana y siempre: a MFP.

INDICE

20 pasaportes

Recuerdo perfectamente la tarde en que mi tía regresó de Europa. Llevaba el pelo más corto y usaba unos jeans ajustados que le quedaban muy bien. Seguía inalterable, en cambio, su infinita generosidad hacia con sus sobrinos. De la valija sacó muchos juguetes y golosinas de Italia y Francia. En un momento, ansioso por saber más de sus años en el extranjero, le pregunté qué se decía de la Argentina. «La verdad que poco y nada», contestó. «A veces sale en el diario Maradona o alguna crisis relacionada con lo económico».

Recibí la respuesta como un golpe. ¿Cómo el mundo era indiferente hacia la Argentina? ¿Adónde quedaba aquello que nos enseñaban en la escuela, de las cualidades extraordinarias que teníamos, de los personajes históricos que habían traspasado las fronteras para volverse universales? Esa tarde disfruté los nuevos juguetes, aunque herido en mi vanidad.

Sin la ingenuidad del pasado —la vida se ha encargado de apaciguarla a base de humillaciones—, la curiosidad de la mirada ajena sobre la cultura propia sigue pareciéndome interesante. ¿Desde qué punto se aborda? ¿Desde el placer que significa consumirla como meros productos exóticos o bajo el estudio de la Historia que entrelaza un discurso político? ¿Y cuánto pesa el propio bagaje cultural frente a una nueva sensibilidad?

Enviado especial retrata la mirada de un grupo de autores que vive en los Estados Unidos sobre Cuba a través de crónicas, textos de ficción y ensayos personales. Cuando los trabajos son *in situ*, dan testimonio de tramos oscuros de la historia de la isla, como el denominado «Período Especial» o los años recientes de políticas sociales esquivas.

Con esta antología el lector también podrá viajar a un país tan complejo como fascinante.

Vera.

Design District, Miami, 2021

Pablo Brescia nació en Buenos Aires y vive en Estados Unidos desde 1986. Ha vivido en California y en Texas; actualmente reside en Florida. Publicó los libros de cuentos *La derrota de lo real* (Estados Unidos; México, 2017), *Fuera de lugar* (Perú, 2012; México, 2013) y *La apariencia de las cosas* (México, 1997). También, con el seudónimo de Harry Bimer, dio a conocer los textos híbridos de *No hay tiempo para la poesía* (Buenos Aires, 2011). De él se ha dicho, «es de esos cada vez más escasos cuentistas, diría la clásica fórmula, de pura cepa» (La Jornada Semanal, México). También se ha destacado su «trabajo artesanal con el lenguaje» (Bazar Americano, Argentina). Sobre los relatos de *La derrota de lo real*, el escritor Naief Yehya ha dicho: «La literatura de Brescia ofrece un aliento lleno de ironía a la extrema crueldad y grotesca bufonería del poder actual» (Milenio, México). Es profesor de literatura latinoamericana en la Universidad del Sur de la Florida (Tampa).

La cuenta de Cuba

10

Antes de llegar por primera y única vez a Cuba, mi único contacto con la isla había sido una novia que tuve cuando estaba cursando clases universitarias en California. Se llamaba (llama) Cuba. Jugábamos juntos al fútbol, deporte que históricamente no se ubica en el escalafón de los tradicionales para los cubanos. Visitábamos a sus padres de tanto en tanto. Al verme, su papá me decía siempre: «¡Ah, el argentino! ¿Sabes de qué me acuerdo, chico? De los jamones argentinos que llegaban a La Habana. ¡Qué jamones, chico!» Y seguía musitando, «¡Qué jamones, chico!» Cuba (su hija, no la isla, aunque ahora que lo pienso tal vez la isla hablaba a través de ella, la hija, digo) me contaba que, desde que había llegado a Estados Unidos, su padre vivía deprimido.

9

Visité Cuba solo una vez. Fue en 1999. Era estudiante de

doctorado y viajaba desde Estados Unidos. Volé a Ciudad de México y de ahí haría la travesía a La Habana. Cuando llegué al aeropuerto, tuve un problema con el pasaporte y se nos iba el vuelo. Recuerdo arribar a la puerta de embarque con el aliento último, como si Cuba no quisiera que llegáramos. No había nadie en el mostrador. Corrimos por la manga. El avión estaba cerrado. Nos miramos con mis compañeros de viaje. ¿Y ahora? Lo que siguió fue un acto reflejo. Toqué con mis nudillos como si el fuselaje del Boeing 737 fuera la puerta de la casa de una tía a la que quiero mucho. Me acordé del chiste del tipo que llega a tomar un avión, observa un letrero donde se lee «DC10» y procede a dar diez cabezazos contra el metal. La cuestión es que abrieron. La azafata me miró como me hubiera mirado mi tía, con ojos de reproche por la tardanza. Pero nos dejó pasar. Mi tía también me hubiera dejado pasar. Hubo aplausos. Nos estaban esperando para despegar. Transpirados, nos sentamos. Cuesta llegar a Cuba, pensé.

8

Podríamos ponernos poéticos y decir que Cuba desde el aire tiene forma de nube caprichosa o de sueño informe de Goya. En realidad, tiene forma de destapador de cervezas, que es lo que se toma uno si va a Cuba, como fui, en julio. Pensándolo bien, también tiene forma de alfanje, lo cual dice mucho sobre la tierra cubana, su gente. Lucha, luchas. Y el mar turquesa por todos lados, como si un cielo interplanetario hubiera caído sobre el Caribe. Un cielo líquido, limpio, donde uno podría terminar sus días en una cama plástica flotante, panza arriba, y no en una balsa precaria huyendo de tantas cosas.

7

Era un congreso académico sobre literatura fantástica y afines. Una locura en Cuba, sitio de la utopía latinoamericana más significativa del siglo XX. Llegamos y el calor era insoportable. El aeropuerto también era insoportable y cuando vi el taxi pensé que toda Cuba iba a ser difícil de soportar. Apiñados como gallinas de corral, frenamos en la residencia de Casa de las Américas. Después, fueron estampas inolvidables de piso fresco, televisión mini en la cocina, compases de «Radio Reloj» que pronunciaban el tiempo como el lenguaje inacabable de la isla, y mar entrando por los ventanales de la habitación del tercer o cuarto piso sin aire acondicionado. Hubo anécdotas imborrables, cómo no. Hay una que no es cierta, pero me hubiera gustado vivirla.

6

La primera ocurre al llegar. Bajamos acalorados del taxi, ya queriendo desempacar y tomarnos algo. El edificio blanco de «Casa», como le dicen allá, aparecía humilde y fresco. La famosa Casa de las Américas, me decía yo. Y entonces alguien nos abre la puerta, saluda y anuncia: «Se fue la luz y el ascensor no funciona, pero no se preocupen que ahora lo arreglamos». Nos miramos y ya nos preparábamos para subir por escalera cuando la misma persona vuelve a asomar la cabeza, mira a ambos lados y sale. «Vengan conmigo», dice misteriosamente, y nos conduce a la parte de atrás. Licuados del calor, hubiéramos ido a cualquier lado en ese momento porque en ese momento Cuba era el desierto y Casa de las Américas el oasis donde había un vaso de agua. Había un hueco en la parte posterior del edificio. Y de repente alguien grita: «¡Ahí va!» y se escucha un ruido de roldanas y poleas. Era el ascensor de carga. Subimos de a uno, con el miedo de que el peso propio y el de la valija acabara con nuestra aventura cubana y nos dejara en el piso. Pero no. Casa nos ofreció agua y la aventura continuó.

5

La segunda ocurre en el famoso malecón. Había que ir, apoyarse en las piedras, asomarse al agua, experimentar la insularidad, sentirse rodeado, atrapado y abierto al mismo tiempo. Se nos acerca una pareja joven. En estos sitios uno piensa que le van a tratar de vender algo, o directamente a embaucar o robar. Taras del turismo aburguesado. Apoyaron los codos junto a nosotros y enseguida lo notaron. No éramos cubanos. Y empezaron a preguntar. ¿Y por qué están aquí? Vinimos a un congreso. ¿Congreso? ¿De qué? De literatura. Literatura, ah. ¿Y dónde se quedan? En la residencia de Casa de las Américas. Ah, en Casa, ta bueno eso. ¿Y habían venido antes aquí? No, no. Ah. ¿Son profesores entonces? Sí. Ah. Pausa. Nosotros también somos universitarios. ¿Ah, sí? Sí, sí. ¿Y qué estudian? Medicina. Qué bien. Pausa. Y de repente, como de la nada, el muchacho que me llevaba varios centímetros me pregunta: ¿y tú conoces a Félix Savón? Algo en mi cara respondió que no. Felix Savón, chico, el boxeador más grande que dio Cuba, le ganó a todos, peso pesado, tiró a los rusos y a los yanquis, ¿sabes? Yo también hago box, dijo, y sus ojos brillaron, y quiero ser como Savón, dijo, lanzando un gancho al aire, un gancho que habrá golpeado tantas cosas. El boxeo sí que es un deporte cubano, pensé.

4

La tercera ocurre en un paladar. A fines de los 90 se habían puesto de moda luego del oscuro (literalmente) Período Especial y a partir de la modesta apertura de la isla al turismo y rubros afines. Eran casas, más bien palacetes, con una pátina de opulencia colonial, transmitiendo esa idea de que hubo en algún momento un tiempo mejor o, por lo menos, un recuerdo mejor. Fuimos con una amiga a almorzar, porque varias de estas casas habían sido reconvertidas en restaurantes y allí se encontraba comida que no se encontraba en el resto de Cuba, por ejemplo: cerdo. Almorzamos maravillosamente, sin culpa, sin pensar lo que significaba ese pedazo de carne ahí y en ese momento. Cuando visitamos Varadero, pude ver la doble economía de pesos *vs.* dólares y despotriqué contra los cerdos (otros) turistas europeos colonizadores. En el paladar, mi amiga me preguntó: «¿No te parece fantástico estar acá, en Cuba, eh?» Ella era en ese momento académica, pero luego se hizo actriz. Yo miré a los que nos servían la comida y no atiné a decir nada, pensando si todos representamos un papel. En fin. No hay peor ciego que el que no se quiere ver a sí mismo.

3

Como buenos literatos, fuimos a La Bodeguita del Medio y allí sucede la cuarta historia. Nos sentamos en la mesa surcada por trazos. Hablamos de literatura fantástica, de la isla, del mojito, de Hemingway y Neruda y Guillén y «La Bodeguita es ya la Bodegona...». Unos hombres de una mesa cercana nos observaban, recelosos. Al fondo, un barman, limpiaba vasos. Una de nuestras compañeras dijo: «Mucha historia, mucha literatura, pero hace dos años alguien puso una bomba acá». Nos callamos y prestamos atención. Los cubanos de al lado también. «Fue a las once de la noche», continuó ella, «y después se supo que era parte de una serie de atentados contra turistas, ya que también hubo explosiones en hoteles». El ambiente se enrareció, pero ella ya estaba imparable. «El gobierno dijo que eran atentados terroristas planeados desde los Estados Unidos; terminaron apresando a un mercenario salvadoreño, Ernesto Cruz. Lo más gracioso es que, aunque los testigos hablaron de heridos e incluso de un camarero que se quedó medio sordo, al otro día el gerente del restaurante salió a decir que no había pasado nada e instó a los vecinos a que corroboraran esa versión de la historia», concluyó. En sus ojos brillaba el triunfo del relato acabado. Pero cuando salió de su trance, notó las gotas de sudor en nuestras frentes. Los cubanos se habían acercado hasta nuestra mesa, rodeándola. "¿Y qué le parece gracioso de todo eso?» espetó uno de ellos. «No, no sé...» balbuceó ella, amedrentada. Pausa. Y de repente, vimos que el barman que estaba hacía un segundo en la barra aparecía mágicamente ahora al lado de nuestra mesa. «Félix, déjate de boberías y vete a tomar, anda», le dijo al agresor. Miradas de agradecimiento. Y un americano parte del grupo, inocente tal vez o idiota seguramente, le preguntó: «Oiga, y usted sabe si lo del *atentadou*... ». Pero el hombre puso la mano en la oreja y le contestó: «¿Cómo? Mire, no sé, es que no oigo bien...». Y se alejó.

2

La última escena tiene que ver con Casa de las Américas. Primero, el congreso: las sesiones se llevaban a cabo en un salón grande, demasiado grande, que tenía en su fondo un árbol de la vida que la embajada mexicana había obsequiado. Un árbol de la vida, recargado, barroco como tanta literatura cubana, pensaba yo. Hay mucho gris y mucho blanco aquí adentro y el árbol pone color, pensaba. Todavía conservo una foto con él. Luego, la residencia: María, la que nos preparaba el desayuno y el almuerzo con lo que había (carne imposible, tal vez algo de pollo): huevos, piña, papaya, moros y cristianos, moros y cristianos, moros y cristianos. Nunca comí tanto arroz en mi vida. Yo era joven y trataba de aprender; no me despegaba mucho de los intelectuales. Pero una tarde nos encontró a María y a mí solos en la terraza. A los cubanos les gusta hablar y a mí también. La escuché sobre su vida, sobre Casa, sobre lo duro de todo esto, chico. Claro, yo quería preguntar esa pregunta y no me atrevía. Y ella la adivinó. Mientras fumaba y miraba los techos de La Habana, me dijo: «Yo doy la vida por Fidel, chico». Y se le nubló la vista, no sé si de emoción, tristeza, angustia o, simplemente, reflejó el cielo de aquella tarde de nubarrones.

1

Volví a Cuba de otras maneras. Leo y enseño a Juan Francisco Manzano, a Nicolás Guillén, a Alejo Carpentier, a María Elena Llana, algo de José Lezama Lima y a mi favorito, el gran Virgilio Piñera. A veces, uso las películas del maravilloso cine cubano, *La última cena*, *La muerte de un burócrata*, *Fresa y chocolate*. Trato con mis estudiantes cubanos, que a veces son demasiado formales y creen que Cuba es el ombligo del universo, pero que son preparados, apasionados, curiosos. Muchos son mis amigos ya. Una vez que estaba mostrando una transparencia en una de mis clases y tenía mi mano en el proyector, una alumna cubana exclamó: «¡Pero qué bonitas uñas tiene usted, profesor!». Risas por doquier. Todavía me sonrío al recordar la calidez y la gracia de esa frase inesperada. Cuando voy invitado a Miami, todos los Uber son cubanos y todos quieren hablar de algo que tiene que ver con ellos y con Cuba.

0, no va más

Quisiera volver. Como esos boxeadores a los que les contaron hasta el final y quieren seguir igual. Todo eso ya pasó hace más de veinte años. ¿Y el ascensor de Casa? ¿El malecón seguirá desafiando el mar? ¿Se habrá muerto el sordo? ¿Y María? ¿Seguirá fumando y esperando, como el tango?

Raquel Abend van Dalen tiene una Maestría en Escritura Creativa en Español por la Universidad de Nueva York. Es autora de los poemarios *Sobre las fábricas* (2014), *Una trinitaria encendida* (2018) y *La beata de las locas* (2019), así como de las novelas *Andor* (2013) y *Cuarto azul* (2017). También ha compilado las antologías *La cajita cabrona* (2016) y *Los topos mecánicos* (2018). Actualmente, es doctoranda de Escritura Creativa en Español e Historia del Arte en la Universidad de Houston.

Bruja, o algo así

Se notaba que no importaba quién era yo o qué había hecho antes de llegar ahí. No tenía relevancia que no tuviera experiencia como periodista ni que recién hubiera aterrizado en Miami, y no conocía la ciudad y sus trampas. Importaba que era mayor de edad y tenía la disposición de comenzar a trabajar de inmediato. Que aceptaría un salario cualquiera y las asignaciones que más nadie quería tomar.

El primer día llegué cuarenta minutos antes y me quedé dentro del carro medio destartalado que compré a los dos días de haber llegado a la ciudad. Las ratas todavía estaban reunidas entre las bolsas de basura afuera del edificio. Devoraban cualquier cosa comestible que encontraran, incluidos restos de periódico. Mientras bebía café de un termo, escuchaba el noticiero local de la mañana. Pensé que así estaría más preparada para saber qué estaba sucediendo en Miami y nada me tomaría por sorpresa.

Antes de hacerme un tour, Miriam me enseñó a hacer un cortadito. Lo más importante es echarle el azúcar antes, ¿entiendes, mama? Y no dejes de mover la cucharita. ¿Ves el espesor y el color? ¿Ves cómo se mezcla todo? Yo asentí y presté atención a la oscura alquimia donde probablemente yacía el truco para conservar el trabajo. De su cuello colgaban varias medallas de la Virgen, que se enredaban entre sí, formando un nudo en el pecho. Su piel era gris y perlada. Ella parecía un cenicero de plata, delgadita, huesuda hasta el pelo. Tosía cuando se reía y, entre risa y tos, salía un poquito de flema que limpiaba sin vergüenza con un pañuelo de encajes.

Después me mostró las instalaciones. Los paquetes de diarios estaban atados por cuerdas de mimbre que dividían los bultos en viejas geometrías. Las sillas de cuero mostaza tenían pequeños agujeros de donde brotaba un tejido de algodón herido. El edificio de dos pisos parecía ser las ruinas de alguna fábrica de guerra. La guerra de una Miami desmembrada.

***

Camilita, si te arrancamos la curita despacio va a dolerte más, ¿entiendes, mama? Hay que hacerlo rápido. Tenemos que quitarte esa venda de los ojos rapidito. Tomó mi mano y la acarició como si estuviera a punto de darme una mala noticia. Su cercanía no me incomodó, más bien me hizo sentir vulnerable. Haber estudiado comunicación social parecía una decisión obsoleta. Nueve materias anuales. Insomnios. Reportes de mercadeo sobre potes de champú y mermeladas que ya no existían en Venezuela. Caletreos de nombres de presidentes de Latinoamérica. Evo Morales. Lula Da Silva. Rafael Correa. Miriam me soltó la mano y rodó con la silla hacia una vieja impresora que estaba en la esquina de su escritorio. Tomó la página que había impreso y me la entregó. Camilita, esta es la dirección.

En ese momento entró una mujer cuarentona de grandes caderas y grandes labios. Dejó la cartera en lo que supuse que era su escritorio y se acercó a nosotras. Sonrió y me pareció simpática de entrada. Yasnaya, ella es Camila..., ¿cómo es que te apellidas? Rosenblut, dije. Ella es la nueva periodista. Mucho gusto, Camila, bienvenida al diario. Lo que necesites me avisas, estaré en esa esquina. Su acento era incluso más fuerte que el de Miriam. Solo llevaba dos años fuera de Cuba. Eso lo supe después. Me era difícil no prestarle atención a sus ojos saltones y a las pestañas con mucho rímel. ¿Ya tomaron café? No, Yasna. Le estaba asignando a Camilita su nota de hoy. Pero dejé hecho en la cocina. Si vas, tráenos a nosotras también. Y llama pa' trás a Erminio porque mandó dos notas de prensa con horarios distintos. Ya no sé a qué hora va a hablar Regalado. ¿Se refieren a la rueda de prensa del Marlins Park?, me atreví a preguntar. Ellas voltearon hacia mí, sin ocultar su sorpresa. Sí, ¿qué sabes sobre eso? Escuché en la radio que la inauguración era a las tres de la tarde. Miriam se rio y aplaudió como si hubiera visto a un perro caminando en dos patas por una cuerda floja. Igual voy a llamar a Erminio, dijo Yasnaya, ya sabes que a veces cambian estas cosas a último minuto.

Cuando salió de la oficina, Miriam hizo un gesto despreocupado con la mano, como restándole importancia a ese último comentario. ¿Estás lista, entonces? Necesitamos a veces notas de color que atraigan a los lectores. Y aquí todas las demás están ocupadas con los *tea party* y con las cosas de la alcaldía. Asentí y ella sonrió. Muy bien. Hay una mujer que lleva años viviendo en Little Havana, ahí en la Calle Ocho, que se dice que es bruja. También se dice que los políticos van a consultarle. ¿Por qué no te das una vuelta por ahí? Ve a esta dirección y pregúntale si puedes hacerle una entrevista. Un perfil, dile. Explícale que es para una columna que habla de la cultura de Miami. ¿Una vuelta?, pregunté nerviosa. No parecía un buen comienzo en el diario, pero me di cuenta de que estaba atrapada en esa misión y que no había posibilidad de negarme. Camila, te va a ir bien. Así recorres Miami un poquito. ¿Hoy?, dije mientras veía la dirección impresa en la hoja blanca. Sí, mama, ahora mismo. Tienes carro, ¿verdad? Espera el cortadito para que te vayas bien despierta.

***

Mientras manejaba seguía las instrucciones del GPS, confundida por las autopistas y nerviosa por cometer errores. Recordaba que en Estados Unidos sí tenía que seguir leyes de tránsito, que no podía comerme los semáforos y cualquier falta se traduciría en una posible multa. Cuando notaba un carro de policía, ponía la luz de cruce con demasiada anticipación y estaba atenta a los límites de velocidad en cada calle.

Me tomó al menos veinte minutos encontrar un puesto libre. Al principio estaba ansiosa, pero luego me di cuenta de que la bruja no me esperaba. Ni siquiera sabía si la encontraría en casa. Y al final era la única asignación que me habían dado por el día. Me pregunté si me reembolsarían el dinero de la gasolina o los tickets de aparcamiento, mientras estacionaba lejos del hidrante y de la señal de pare, poniendo en práctica la información del librito que había tenido que leer antes de sacar la licencia de conducir.

Un grupo de obreros taladraba y levantaba el pavimento justo frente a una escultura policromada de un gallo. Tanto en la cresta del animal como en el pecho y en las patas estaba escrito a mano *Calle Ocho*. En el cuerpo estaban dibujados, entre otras cosas, el mapa de Cuba, una brújula y una cafetera. En la cola estaban pintadas unas plumas rojas y las teclas de un piano. Era un tótem, de aura religiosa y folclórica, que te advertía que te adentrabas en un territorio distinto al resto de la ciudad. Le tomé una foto con el celular, en caso de que necesitara imágenes para el artículo o al menos para comprobar que había estado ahí.

Siguiendo las instrucciones del GPS, caminé por un callejón de casas pequeñas y viejas, con autos último modelo parqueados enfrente. En algunos casos había hasta dos y tres carros. Mi cuerpo era un círculo morado flotando en un mapa satelital. La calle tridimensional era esa línea gris que se iba dibujando en mi celular a medida que me desplazaba. Sin importar hacia donde me dirigiera, mi mundo se duplicaba, y el virtual terminaba por anticipar el material. Había gatos blancos caminando por las aceras. Se veían sucios y desnutridos. Luego cruzaban hacia los céspedes frente a las casas y se perdían como neblina tras las rejas que dividían los terrenos. La casa de la bruja estaba medio escondida detrás de unos troncos de vera. Me sorprendió que fuera un árbol venezolano. Debía ser una señal. Quizá estaba escrito en mi destino conocerla ese día. Las paredes de la fachada estaban agrietadas y atravesadas por hiedras. Leí de nuevo la dirección que Miriam me había entregado y toqué el timbre.

Un hombre calvo en camiseta se asomó por una ventana de rejas blancas. ¿Inés?, me preguntó. No, Camila, dije. Se alejó y esperé. Diagonal a la entrada, noté una palmera degollada por la mitad; de su tronco caían ramas muertas hacia los lados. ¿Vienes a ver a Inés?, dijo, tras aparecer de nuevo entre los barrotes. Sí, vengo a hacerle una entrevista, respondí, sin saber si la bruja se llamaba Inés. El hombre tenía un bigote negro sobre los labios gruesos y se veía rechoncho. Algo en su voz nasal y en sus brazos descubiertos me hizo sentir insegura. ¿Tienes cita?, preguntó con una media sonrisa. No, dije incómoda, pero no le quitaré mucho tiempo.

Alguien abrió la puerta de la casa, sin dejarse ver. La calle estaba vacía. En el patio de la casa contigua había unos bóxer negros que colgaban de un tendedero. Miré de nuevo la puerta semiabierta, su ranura oscura, y mi reacción fue alejarme. En ese instante sentí rabia de estar en esa situación, con el diario enviándome a quién sabe dónde. Odié a Miriam y a Yasnaya. Lo que faltaba era que terminara violada en mi primer día de trabajo.

Fácilmente podía explicar que la bruja no estaba disponible o inventarme la entrevista. Recordé cada uno de los callejones por los que había transitado sola y apurada y me distancié de la casa. Luego palpé el celular dentro del bolsillo del pantalón, para asegurarme de que lo tenía en caso de emergencia. Noté que había rastros de sangre sobre el pavimento. Quizá era la sangre de algún pollo degollado. Sabía que el sacrificio de animales era parte de los rituales de santería. ¡Niña!, escuché cuando cruzaba la calle con miedo y asco. Ahora el hombre estaba frente a la puerta encendiendo un cigarrillo. ¡Inés tiene tiempo ahora!, dijo agitando la mano. Se reclinó de la pared y se dedicó a aspirar y a botar el humo con parsimonia. Miré a los lados y un carro rojo pasó por la calle paralela. ¡Usualmente tiene la agenda llena!, insistió. Llevaba jeans gastados y zapatos deportivos. En su pecho peludo resaltaba una cruz de plata. Inés hace consultas, ¿cierto?, le pregunté desde la acera de enfrente. Él asintió, arqueando las cejas con sospecha. Cuando le pasé a un lado, pude oler su colonia dulzona mezclada con tufo y nicotina. Camina derecho hasta el final. Ahí te puedes sentar mientras ella te llama. Separó la espalda de la pared y caminó hacia la palmera decapitada, donde se detuvo a seguir fumando. Antes de entrar a la casa lo observé unos segundos, esperando que se mantuviera distante.

El pasillo oscuro desembocaba en una sala de espera. Parecía la de un consultorio médico, de un dentista o un dermatólogo, especialmente por las sillas con patas y abrazaderas de aluminio, y las revistas apiladas sobre un banco. Me extrañó. La ventana estaba cubierta por una cortina marrón que impedía la entrada de la luz del sol. De nuevo tuve el reflejo de palpar el celular bajo la tela del bolsillo. Solo había una puerta en ese cubo beige. Estaba cerrada. En una esquina, colgado de la pared, había un reloj de péndulo. Me acerqué, pero no parecía funcionar. Solo vi mi reflejo en el vidrio. Las agujas estaban detenidas a las once y cuarto. Revisé la hora en mi celular, esperando que las horas coincidieran, pero todavía faltaban diez minutos. Miré de nuevo alrededor, todo se veía limpio.

Pasa, pasa, escuché de pronto, con un fuerte acento cubano. Ahora la puerta estaba abierta. Al asomarme, vi a una mujer cansada, recostada en un sofá cubierto por telas moradas. ¿Cierro?, pregunté nerviosa. Ella se levantó y me estrechó la mano. Carla, ¿cierto? No, Camila, dije con una voz más aguda de lo usual. Supuse que el tipo le había dado mal mi nombre. Tienes suerte que me canceló el de las once. Cerró la puerta y volvió a su puesto. Siéntate en la silla que más te guste.

El cuarto era tan oscuro y sobrio como la sala de espera, excepto por las cinco sillas de diferentes colores y diseños. Las paredes estaban vacías. Me senté en una de madera, quizá la más incómoda. Ella sonrió satisfecha. Eres una persona práctica y justa. Tomas decisiones rápidas, basadas en tu propio bienestar, pero también en el de los demás. Te gusta que sean directos contigo, que vayan al grano. Eres tímida, pero no dejas que nadie te atropelle. A ver, ¿qué viniste a hablar? Quedé callada, tratando de entender lo que estaba pasando.

Inés era más baja que yo, de contextura gruesa. Le calculé alrededor de cincuenta años. Llevaba una camisa blanca y un simple pantalón caqui. Su pelo corto y teñido de negro estaba atravesado por algunas canas. Tenía un aspecto muy frugal. Me sentí decepcionada de que no usara bata, sandalias y muchos collares. De que en su oficina no hubiera santos, ni fotos de deidades. No había caracoles ni frascos con hierbas. Sentí un dejo de esperanza al notar una vela naranja a medio consumir sobre un escritorio, donde también había una Mac cerrada. ¿Te molesta el olor a calabaza? Me gusta encender velas aromáticas, pero la puedo apagar. Negué con la cabeza, más decepcionada aún. Examiné de nuevo su cara. Busqué algún lunar desproporcionado, cicatrices, dientes de oro. No había nada en ella que no fuera común y corriente, fácil de olvidar.

Luego seguí mirando alrededor, buscando alguna señal oscura, algo retorcido, el ojo de un gato o la espuela de un gallo. Algún frasco con sangre. ¿Quién es el señor que me dejó pasar?, pregunté, sin resignarme. Quizá ahí estaba la parte interesante de la historia. Quizá era él quien hacía el trabajo sucio. Los sacrificios. Ese es Ramón, viene a limpiar un par de veces a la semana. Me encogí de hombros y miré de nuevo a Inés. ¿Lo que dijiste sobre mí lo adivinaste? Ella soltó otra sonrisa. No, era un juego, ¿pero acerté? Supongo que sí, le dije. Lo cierto es que estoy haciendo un estudio sobre la relación entre el desarrollo de la personalidad en la infancia y los objetos. ¿Eres psicóloga?, pregunté, casi sintiendo un vacío existencial. Psicoanalista, dijo, ¿no venías por eso? En ese momento me di cuenta de que hubiera sido mejor no haber entrado a la casa. Que refugiarme en mi temor hubiera sido más provechoso. Me levanté de la silla y me disculpé con ella. Cuando salí a la calle, Ramón estaba limpiando la sangre del pavimento. Fucking palomas, man, se atraviesan en medio de la vía cuando pasa un carro.

Pedro Medina León nació en Lima, Perú, en 1977. Su novela *Varsovia* ganó el Florida Book Award 2017 y es autor de los libros *Mañana no te veré en Miami*, *Marginal*, *Tour: una vuelta por la cultura popular de Miami*, *Americana* y *La chica más pop de South Beach* y editor de las antologías *Viaje One Way* y *Miami (Un)Plugged*. Además, es creador y editor del portal cultural y sello editorial Suburbano Ediciones y conferencista en temas de cultura popular de Miami para el Florida Humanities Council.

Habana de la amargura

Un manto de nubes grises amenazaba con bañar el trópico. Encapotaba la pista de aterrizaje. De los aviones subían y bajaban pasajeros, sin mediar la manga que habitualmente los conecta con las terminales. El fondo era un lienzo de montañas tapizadas de verde. Esa es la primera imagen que me asalta cuando evoco mi llegada al José Martí, en La Habana, el domingo 4 de mayo del 2008. Para viajar a Cuba, entonces, alguien que vivía en Miami debía primero volar a Gran Caimán y comprar una visa por veinte dólares en el *customer service* de Cayman Airways y abordar el siguiente vuelo a Cuba, y en Cuba, en el control migratorio, decir que vivía en el Perú y no en Estados Unidos. De esa manera, en el registro de entradas y salidas de mi pasaporte, a mi regreso para los controles migratorios estadounidenses, figuraría que mi viaje fue a Gran Caimán y no habría rastros de Cuba.

En el José Martí me esperaría Toribito, amigo de Radamés. Radamés era un amigo mío de Miami, y como en esos años no utilizaba Facebook, Toribito me recibiría alzando un cartel con mi nombre. Desde ahí iríamos a San Nicolás de

Bari, provincia Habana, a la casa de la mamá de Radamés. Esa sería mi base de operaciones e iría moviéndome por distintos pueblos.

Seis años antes había emigrado del Perú sin ningún tipo de afinidad política por Fidel Castro, pero sí con esa idea idílica de la isla que difunden las canciones de Silvio Rodríguez y Pablo Milanés. Además, Pedro Juan Gutiérrez era uno de mis autores de cabecera y en mi biblioteca no faltaban Padura, Lezama y Reinaldo Arenas —cada uno, a su manera, cuenta una Cuba muy particular—, Cabrera Infante me había hipnotizado con una edición de bolsillo de *La Habana para un infante difunto* y mi admiración por Hemingway me había hecho seguir los pasos de sus años en la finca Vigía. Pero, para bien o para mal, esto es solo un lado de la versión de Cuba y en Miami se me había presentado la Cuba de los que se aventuraban en balsas sin saber si iban a lograr abrazar la libertad o pasarían a ser la cena del tiburón de turno en el Estrecho de la Florida y la Cuba en la que el Che Guevara fue un asesino y no un héroe, como se le considera en las facultades de Letras latinoamericanas. Aunque también la Cuba radical y hermética que solo mira hacia el interior de su comunidad y no hace concesiones con quien no comparte sus ideales políticos y culturales.

¿Para qué fui a Cuba ese domingo de mayo del 2008?

Es una pregunta cuya respuesta he pensado varias veces, sobre todo porque cuando viajé me encontraba en proceso de residencia temporal a permanente (quien entienda el contexto, entenderá también que fue uno de los actos más irresponsables que he cometido en mi vida). Creo que me fui a buscar una Cuba intermedia, ni tan mítica como la de las camisetas del Che, ni tan sufrida y ni tan radical como la de Miami. Y también lo hice porque quería escribir una novela con personajes cubanos y debía comprender al cubano de uno y otro lado. No tenía ambiciones turísticas y menos aspiraciones de turista sexual, como muchos. Pasaría una semana en casas de cubanos, conversaría con ellos, conviviría, tomaría notas y fotografías de todo lo que pudiera la tarjeta de memoria de mi Sony Cybershot DSC.

Primeras impresiones

Medio día. La Habana. Mochila al hombro, una edición de bolsillo de *Los detectives salvajes* y una maleta con medicinas y ropa que me encomendó Radamés para su mamá. En el José Martí me condujeron a un pequeño despacho, de paredes azul pálido con olor rancio a ministerio público del tercer mundo, donde solo había una silla. Pasé una hora sentado, hasta que entraron un hombre y una mujer uniformados de verde aceituna. Me acusaron de llevar un reproductor de DVD en la maleta y eso estaba prohibido. Eso era falso: no llevaba un aparato de esos, con solo abrir el equipaje podrían comprobarlo. Cuestionaron mi residencia en Miami y les dije que, si bien tenía la residencia, vivía en Lima. No hubo mayor intercambio. Se fueron. Cuarenta minutos después regresaron y dijeron que podía retirarme. Mi maleta ya no daba vueltas por el carrusel: estaba recostada junto a una pared color flan. El José Martí es color flan.

Toribito tenía facciones angulosas, ojos saltones, cabello al ras y vestía camiseta sin mangas y bermudas. Lo acompañaba Yordainy, su novia, y Machito, un hombre con algunos años encima que también vestía una camiseta sin mangas. Los cuatro nos saludamos con abrazos, como si fuéramos amigos, y caminamos hacia el Chevrolet del año 1953, de Toribito.

El primer registro del lente de mi Sony fue al salir del aeropuerto, un cartel de George W. Bush y Luis Posada Carriles con la palabra «terroristas» atravesada de lado a lado. Posada Carriles fue agente encubierto de la CIA en su guerra contra el comunismo soviético cubano, siendo Cuba solo una ficha del tablero de ajedrez que la Unión Soviética movía estratégicamente para ser una amenaza a la integridad de Estados Unidos; formó parte de la Brigada 2506 en Bahía de Cochinos y fue un eterno conspirador para asesinar a Fidel Castro. En Miami, sin embargo, Posada Carriles no es necesariamente un terrorista sino uno de los combatientes más heroicos por la causa de la libertad y la última vez que se le vio en público fue cuando murió Castro, en la manifestación alrededor del restorán Versailles. Posada Carriles era un hombre de casi noventa años, escoltado por su enfermera. Murió dos años después.

En el trayecto del José Martí hasta San Nicolás de Bari nos acompañó una canción que nunca había escuchado y que nos acompañaría el resto del viaje en el auto: «La mujer del pelotero». Todo lo que rodeaba la autopista nacional era verde y con casitas de adobe que a los lejos parecían dientes sucios y carteles propagandísticos del Che, Fidel y Camilo Cienfuegos con lemas revolucionarios que mi cámara no se cansó de capturar al vuelo. Machito y Yordainy iban atrás, y me abordaron con preguntas sin pronunciar las palabras Estados Unidos o Miami; sino que se referían a «allá»: oye y «allá» todo también es monte junto a la vía, oye y «allá» no se ven autos como este. Éramos el cara y sello de la moneda, frente a frente. Había que aprovechar para estudiarnos.

Las calles de San Nicolás no tenían alumbrado eléctrico y las pistas eran trochas sin asfaltar, pero si de algo estaban orgullosos en ese pueblito «intrincado» —así me lo presentaron— era del policlínico con sus equipos nuevos,

«nuevos de paquete», asumo que rusos y chinos. Yordainy trabajaba ahí. La mamá de Radamés, una señora con sus años y sus achaques, me recibió con un abrazo y lágrimas por su hijo a quien no veía hacía tiempo y, aunque yo no conocía la situación legal de Radamés en Estados Unidos, me quedaba claro que no se volverían a ver. La sala y el comedor eran color batín desgastado y raído de enfermero, con algunas sillas de plástico de distintos colores y tamaños, focos desnudos en el techo, y un baño en el que, para jalar la cadena de la poceta, había que traer un balde con agua de unos cilindros. Yo dormiría en la habitación de Radamés, donde aún colgaba, de un gancho en el clóset sin puerta, la camisa negra con trazos ámbar que usaba para ir con los amigos a La Habana a dar sus vueltas los sábados o domingos. Machito se había encargado de anunciar mi llegada puerta a puerta y llegaron los vecinos. Les causaba interés y curiosidad que alguien de «allá», que no tuviera familiares o una niñez archivada en San Nicolás, llegara de visita. Era, según decían, el primer «turista» que veían en el pueblo.

Mi día había empezado a las seis de la mañana frente a un Tall Pike en el Starbucks del Doral Plaza, luego en el Miami International Airport. Luego, siguió el aeropuerto carnavalesco de Gran Caimán, donde nos recibieron con bailes; después el José Martí y la casa de Radamés, y

Toribito me llevó a cerrar la noche al Patio Cultural, una suerte de losa deportiva encerrada entre paredes con retratos de Camilo Cienfuegos, el Che, Fidel, Raúl Castro y arengas revolucionarias, en el que, al centro, una masa difusa de jóvenes se excitaba con el *reggaeton*. En el Patio Cultural se reunían los jóvenes de San Nicolás a socializar y tampoco tenía alumbrado eléctrico. En las tribunas, muy cerca de los parlantes que escupían las letras indescifrables del reggaeton, un muchacho peinado estilo New Kids on the Block en los noventa custodiaba una caja con botellas de Bucanero, una de las dos cervezas que se toman en la isla. Le entregué unos billetes y Toribito se aseguró de escoger las más frías.

Tarde de toros

Las bodegas oficiales son aquellas en las que los cubanos obtienen los artículos que les da el gobierno con la libreta de racionamiento. Estas libretas, establecidas en los sesenta para dosificar los artículos de primera necesidad escasos entre la población, se siguen utilizando y los bienes son cada vez más escasos. La bodega que visitamos era atendida por un dependiente de mirada perdida que conocía a Toribito y me permitió capturar imágenes con la cámara. Las repisas donde se acomodaban —cuando había— café, arroz, menestras y jabón estaban vacías. La mayólica blanca del mostrador, percudida y cuarteada; las grietas negras, con manchones de sangre seca, también de cuando había res o pollo y colgaban sus carnes en unos ganchos de fierro, al aire libre, sin refrigeración. Cerca de la bodega quedaba La Colonial, una tienda de artículos del primer mundo, a precios del primer mundo, donde compré, por recomendación de cuanta persona supo que viajaría a Cuba, papel higiénico, porque no lo encontraría en casas ni lugares públicos. Además, compramos Havana Club, galletas de soda, galletas María y Red Bull. A Toribito y Machito les causó gracia la traducción al español: toro rojo. Con esas provisiones fuimos a pasar el día a Caimito, una playa que bajo un cielo igual al que me recibió en el José Martí, algunas cabañas sin ventana deshabitadas y solo nosotros en la arena, parecía una postal del fin del mundo. En una de esas cabañas vivió Richar, un amigo de Toribito, que se aventuró al mar desde el Puerto de Cárdenas en balsa. De Richar no se supo nada hasta dos años más tarde, cuando en el cumpleaños de otro amigo en común, llamó por teléfono. A todos los tomó por sorpresa. Toribito se puso al habla, Richar le contó que era camionero en Kentucky y lo animó para que se fuera. Toribito no tenía un trabajo estable: como tantos, vivía de lo que le mandaban algunos parientes desde el extranjero, pero sobre todo se las arreglaba para «vivir del invento», lo cual implicaba cualquier gestión que le deje unos pesitos en el bolsillo, que en su caso mucho tenía que ver con la compra y venta de gasolina en el mercado negro o haciendo servicios de transporte en su Chevrolet. Conmigo no hubo acuerdo monetario, pero la gasolina y los consumos, para él y los que estuvieran presentes, corrían por mi cuenta.

Richar ha intentado animar a Toribito a seguirle los pasos, pero Toribito no piensa moverse de la isla. No tiene ningún tipo de inclinación política por el régimen comunista, no le interesa en lo absoluto Fidel, pero tampoco trabajar diez horas diarias, endeudarse para pagar una hipoteca y pagar el *lease* mensual de un Toyota Corolla. Para él esto de la vida es simple: necesita un plato de comida, un techo y una jevita. Y eso ya lo tenía en Cuba, y además se paseaba en un Chevrolet que ladraba reggaeton y era la envidia de cualquiera en San Nicolás. Estados Unidos, Miami y el capitalismo no le despertaban curiosidad. Ni siquiera le interesaba hablar de política, ni de acá ni de allá, tema obligatorio entre los cubanos y quienes vienen de afuera. Pero, sobre todo, y afortunado él, no se sentía reprimido bajo la dictadura, no le hacía falta más libertad, se sentía libre. Por ejemplo, cuando le daba la gana de meterse al mar lo hacía, como aquella tarde en que Machito, completamente ebrio después de tomarse una botella de ron y dos latas de Red Bull, nos llamaba desde el mar a gritos: «el toro rojo, el toro rojo es de pinga». El agua le llegaba a las rodillas, le lamía las costuras del pantalón corto que alguna vez fue un jean.

Habana literaria

La mamá de Radamés reprendió a Machito por emborracharse el día anterior. La culpa, se defendía Machito mientras remojaba un trozo de pan en el café, era del toro rojo. Machito no recordaba la última vez que había tomado Havana Club, no era una bebida habitual entre ellos: lo que tomaba tres o cuatro veces por semana era Chispa de Tren, un ron casero que vendía un vecino, envasado en una dudosa botella de plástico usada. De joven Machito volvía a la casa por las tardes con el ojo morado, el labio partido, el pómulo hinchado, pero había que ver cómo quedaban sus contrincantes. A veces hasta se medía con dos. En algún momento se ilusionó con ser púgil y representar a Cuba en las olimpiadas, pero era la época en que se consolidaba la dictadura, año sesenta, tenía dieciséis y su papá cayó preso, lo acusaron de conspirador, la guardia nacional tocó la puerta de su chalet en el Vedado un domingo por la noche, se lo llevaron con un rifle apuntándole a la cara y las manos en alto. Fue recluido en la prisión Modelo, en Isla de Pinos. Machito dejó de lado sus aspiraciones de boxeador y se concentró en apoyar a su mamá en la casa y en visitar a su papá los fines de semana.

Un domingo, en susurros, su papá les contó a él y a su mamá que uno de los prisioneros que estaba bien relacionado con gente de Miami le dijo que Castro y sus comunistas tenían los días contados: había un ejército de jóvenes exiliados que se entrenaba en Centroamérica, en la selva de Guatemala, bajo el tutelaje de Estados Unidos y la CIA, para invadir Cuba y matar a Castro. Era solo cuestión de días, máximo semanas. Pero esos días o máximo semanas pasaron y, otro domingo, entre susurros también, su papá les dijo que los nuevos presos que habían llegado esa semana eran del ejército de exiliados, conocida como la brigada 2506. El operativo se había ido a la mierda, el ejército cubano lo interceptó y neutralizó en la Bahía de Cochinos. Con el tiempo se supo de la traición del gobierno de Estados Unidos a último minuto: el presidente Kennedy flaqueó por temor a las represalias de los rusos. Estaban jodidos, esa era la única esperanza de recuperar su libertad y su país. Poco después trasladaron de cárcel a su papá y pronto se desparramó como un muñeco de trapo en el paredón de fusilamiento.

Tarde de ruta literaria por las calles en las que Pedro Juan

Gutiérrez ha ambientado su ciclo de Centro Habana: *Trilogía sucia de La Habana*, *El Rey de La Habana*, *Animal tropical*, *El insaciable hombre araña* y *Carne de perro*. Por la casa de Lezama Lima, cerca de la calle Industria; por los cines de Cabrera Infante y sus devaneos eróticos, y respirando el hampa con la que lidia Mario Conde, el personaje policía, escritor frustrado y enamoradizo de Leonardo Padura. Machito no nos acompañó: la mamá de Radamés lo mandó a pararse con su caja de dulcecitos de colores —y sabores indescifrables— a la puerta de la escuela a ganarse la vida. El punto de partida es la «Plaza de la Revolución», donde está el memorial y monumento a Martí, rodeado de franceses, canadienses y chinos con sus cámaras colgadas, sus pantalones cortos y sus Nike Air blanquísimas. Seguimos hasta el Gran Teatro de La Habana, el Capitolio, el Prado. Las calles, arropadas de propaganda antimperialista y pro revolucionaria, me resultan más desangeladas y trajinadas que en las páginas de cualquier libro, no reciben una mano de pintura hace décadas, acopian basura, y en las esquinas se arraciman los cubanos sin otro horizonte que esperar que pasen las horas de un tiempo que se ha pasmado para ellos, que casi no tiene sentido que transcurra, porque al día siguiente los espera la misma esquina y el mismo letargo. Toribito esconde la mirada tras unos Oakley que hace años estuvieron de moda, pero que mantiene y conserva como si fueran último modelo, y a pesar de que en su cabeza hay más interés por el reggaeton y las jevitas que por otra cosa, siempre tiene una respuesta y una explicación para mis preguntas, y sobre todo paciencia cuando se me van los minutos detrás del lente de la cámara o anotando en mi libreta. Toribito no me lleva a la Bodeguita del medio ni al Floridita a tomar un mojito a precio Key West, sino que me confunde entre callejones estrechos y solares con olor a cuerpo sucio, donde las mulatas de Pedro Juan, exuberantes, de coño peludo, sudorosas y jadeantes, cabalgan vergas.

Cerramos la ruta en el bar de Cosme, en la calle Refugio, sin un solo turista, frente a dos botellas de Bucanero. Antes de hacer salud pregunté por el baño y Toribito me señaló hacia el fondo un pasadizo breve, sin luz, donde del otro lado me esperaba una poceta con restos de mierda pegosteados en la taza y de cuyo lavamanos no caía el menor hilo de agua.

Sueños de fuga

Yordainy tenía el día libre en el policlínico y se sumó al paseo en la playa Guanabo. Antes paramos en La Colonial y compramos jamón enlatado español y galletas de soda venezolanas. No más toro rojo para Machito, aunque lo miró con cariño. Esa vez me detuve a observar los anaqueles y los productos y sus precios, que no eran en pesos cubanos, la moneda con la que se mueve el cubano promedio y en la que le pagan su salario mensual, sino en CUC o «chavitos», que al cambio eran más caros que el dólar. El precio de una bandejita con muslos de pollo oscilaba, en equivalente, entre seis y ocho dólares, y el de un paquete con dos rollos de papel higiénico a tres. Considerando que el salario mensual promedio en Cuba es de treinta dólares, resulta improbable que un ciudadano de a pie pueda acceder a este tipo de bienes.

El mar de Guanabo era un manto esmeralda, probablemente el más hermoso que haya visto. Pero de la orilla hacia atrás, el malecón era más bien una tripa descolorida de casas, restaurantes y bares. Nos acomodamos en la arena, bajo la sombra de una palmera. Yordainy me preguntó cuán grandes son los edificios «allá», eso es lo que siempre le ha llamado la atención. ¿Son muy altos y con muchas luces? Yordainy llevaba una camiseta de cajero del supermercado Winn Dixxie, los hombros le caían hasta la mitad de los bíceps y sus ojos eran del mismo esmeralda que teníamos enfrente, donde Toribito y Machito compartían la botella de Havana Club y además Toribito tenía una de las Bucanero que compramos en una de las tienditas de la tripa descolorida. Yordainy bajó la voz y la mirada. Sus dedos escarbaban la arena, ella quisiera irse algún

ENVIADO ESPECIAL | 20 escritores hispanos retratan su relación con Cuba

día, igual que su papá, Román, un flaco de bigotitos como dos pinceladas de café que se lanzó en una balsa con cuatro amigos un par de años atrás, cansado de ser médico en un país donde no había siquiera vendas ni jeringas y las sábanas de las camillas estaban agujereadas. Yordainy vivía con su tía, una señora viejita. Ella era lo único que la ataba a la isla porque ninguna de las dos tenía a nadie más: sus familiares estaban repartidos por Miami, España y República Dominicana. El plan de su papá era revalidar su título de médico en Miami y llevarse a Yordainy cuando ya estuviera establecido: pero en el exilio solo había podido trabajar, no había abierto un libro ni averiguado qué se necesitaba para la revalidación.

Toribito nos llamó desde el agua. Yordainy se levantó y se quitó el short de jean deshilachado y la camiseta de Winn Dixxie. Dio unos pasos, primero lentos mientras estaba bajo la sombra de la palmera, luego corrió porque se quemaba los pies. Corrió hacia ese manto esmeralda por el que el flaco de los bigotitos partió en busca de algo que hasta el momento resultaba un imposible.

Muchachas bajo el trópico

Pasamos por la salida del colegio secundario. El Chevrolet retumbaba con «La mujer del pelotero». Toribito se detuvo con medio brazo afuera, asomándose desde los Oakley, y se nos acercó un puñado de niñas en camisas blancas y faldas color mostaza. Sus edades oscilaban entre los catorce y dieciséis años y me presentó como su amigo el «Yuma». El puñado de niñas se trasladó hacia mi ventana. Miraban. Sonreían. Preguntaron mi nombre. Toribito les dijo que dejen la intensidad, que se porten bien. Luego nos fuimos lento, volumen bajo.

Compré muslos y encuentros en La Colonial. Papas, arroz, pimentón y otros ingredientes más que necesitaba la mamá de Radamés para preparar uno de los platos típicos de la isla: fricasé de pollo. Pero tanto el fricasé como la carne con papa, la palomilla, la ropa vieja y el rabo encendido son privilegios para turistas y postales en sepia para los cubanos que no recuerdan cuándo los han comido por última vez. De fondo nos acompañó la voz de Vicente Fernández y sus rancheras; entraban y salían vecinos que hasta el momento no había conocido. Una mujer de no más de treinta años llegó con su hija de seis o siete. La niña se perdió unos minutos y regresó con la boca llena, masticando trozos de papel higiénico de uno de los rollos que guardé en la habitación de Radamés, junto a *Los detectives salvajes*. La madre se avergonzó. Se excusó. ¡Eso no se come! Su niña no había visto rollos de papel antes, no es habitual tenerlos en las casas y hay quienes se jactan de limpiarse el culo con la primera plana del Granma, el diario oficialista. Así transcurrió la tarde en la sala, con Bucaneros, con Havana Club y Chispa de Tren. Algunos sentados en las sillas de plástico de distintos colores y tamaños, otros de pie, escuchando anécdotas de ambos lados del estrecho de Florida, honrando, acaso sin caer en cuenta, una de las tradiciones más antiguas de la civilización: reunirse para escuchar las historias que nos cuentan. Es una escena de un sosiego único, un desfile de personas, un concierto de voces y carcajadas que se echa mucho de menos en Miami y sus rutinas laborales capitalistas que no se detienen y muchas veces nos limitan a la soledad.

Cuando en la casa solo quedamos Machito, Toribito, Yordainy y yo, Machito se ofreció a colar café para bajar un poco el trago —no pude con más de dos sorbos de Chispa de Tren, al tercero hubiera terminado peor que Machito con el toro rojo—. Toribito y Yordainy me preguntaron qué tal me había parecido su país. Una avalancha de sentimientos, una experiencia más que un viaje, un carrusel de emociones, pero no les digo esto sino les dije que me ha parecido interesante, diferente, que La Habana tiene un encanto particular. Machito, que se acercaba con el café, dijo que lo que tiene La Habana no es un encanto particular sino un encanto para culear, porque a eso se dedican día tras día, hasta con los animales del monte, no hay nada más que hacer y a eso van la mayoría de los turistas. Están jodidos. Siempre se arrepiente de no haberse largado más joven. Fue un cobarde. Un silencio nos incomodó e intercambié miradas con Yordainy, y antes de tomar «un buchecito» de café, me saqué el chicle de la boca y cuando me dispuse a aplastarlo en el plato que sirvió de cenicero durante la velada, Machito me detuvo con cierta vehemencia y dijo que lo guarde, al día siguiente iremos a La Habana, que lo guarde para masticarlo allá. Y lo llevó a la nevera para que mantenga mejor su sabor.

Un poco de turisteo urbano

El Vedado es un barrio emblemático. No es tan decadente como las calles del «centro» y no tan refinado como Miramar, el barrio de residencias suntuosas de la alta burguesía habanera en la época prerrevolución. En los sesenta, en una de esas residencias, el gobierno cubano escondió a un hombre que paseaba unos perros rarísimos, de origen ruso, raza Borzoi, jamás vistos en la isla. Ramón Mercader, «Jacques Mornard», «Leon Jacques» o «Frank Jackson», ese sujeto de mil identidades perteneció al Servicio de Inteligencia rusa (NKVD) y, tras un periplo por París, Barcelona y Moscú, recaló en México por encargo de la NKVD siguiendo los pasos de Trotsky para asesinarlo en su despacho con un golpe de piolet en el cráneo. Aunque Trotsky no murió en el acto sino después, en una cama de hospital.

Otro de los pasos obligados de mi hoja de ruta era la heladería Coppelia. Uno de los pocos lugares a los que el gobierno permite el acceso al cubano promedio, con una fila de personas fuera del promedio, mientras que para los turistas el acceso resultaba inmediato. Intentamos entrar por el ala turística, pero un uniformado nos detuvo y tuvimos que negociar. No fue difícil: ni bien asomó de mi bolsillo el primer billete de cinco dólares, se hizo el de la vista gorda. Los helados en el Coppelia los sirvieron en un recipiente estilo fuente de soda de Lima de muchos años atrás, como los del D'Onofrio del parque Kennedy. Su postre más ambicioso era la ensalada, que consistía en cinco bolas de helado de distintos sabores que no tienen nada del otro mundo: una sola bola de las que sirven en el Hageen Dazs de la Miracle Mile, en Miami, es del tamaño de las cinco que trae la ensalada.

Después cruzamos la calle, al cine Yara. Aunque estaba cerrado, me asomé a la boletería. Seguimos a la calle Obispo, la arteria principal que atraviesa la ciudad con sus tiendas de souvenirs colgados en la puerta, sus cafetines y bares para turistas, con sus prostitutas y drogas de toda clase, con afiches de Bush, Posada Carriles, Fidel, Hugo Chávez, el Che. La propaganda martilla y taladra la cabeza, agota. El final fue el malecón, la foto más común de Cuba, aunque en aquel atardecer ocre, el mar estaba calmo y no lo azotaban las olas. No es cierto que desde el malecón se vea Miami ni Cayo Hueso, como dicen algunos. Ese es otro mito que se cierne sobre este casco viejo de cemento y concreto que fue escenario de la protesta más grande de la historia del pueblo cubano contra Fidel. Era agosto 5, año 1994, Período Especial: la Unión Soviética ya no sostenía económicamente al gobierno de Cuba. El pueblo padecía de hambre, sufría represión y centenares se volcaron a las calles, las violentaron. El grito de libertad calaba hondo y solo se calmó cuando el hombre fuerte, con su traje verde aceituna, su porte imponente y su oratoria persuasiva llegó a las calles de San Lázaro y Galiano a dar la cara. Cuba en los sesenta contó con el protectorado de la Unión Soviética, que posicionó más de cuarenta misiles nucleares apuntando estratégicamente a territorio estadounidense desde la isla. Kennedy y Nikita Kruschev firmaron un acuerdo de no intervención a Cuba y los misiles fueron retirados. De no ser el caso, quizá, y esto es especular, el proyecto de Castro hubiera terminado en pocos años y esa imagen de David contra Goliat entre Cuba y Estados Unidos, que tanto contribuyó a construir el mito cubano, no hubiera prosperado.

El «maleconazo» abrió otro capítulo de éxodos en la historia entre Miami y La Habana, uno de los más grandes luego del Mariel, que trajo a Estados Unidos a más de treinta y cinco mil refugiados y se conoce como «la crisis de los balseros».

El regreso

En el Perú de mi niñez y adolescencia había un viaje superficial que consistía en llenarse la barriga de hamburguesas y patearse centros comerciales de punta a punta. Era al viaje a Miami en las vacaciones de medio año, una suerte de pérdida de tiempo en la que no se conocía nada que valiera la pena culturalmente. Ninguna familia de clase media alta se escapaba de él e incluso muchos lo repetían cada año. Según he ido conociendo personas de otros países de Latinoamérica en Miami, entiendo que para ellos aplicaba más o menos lo mismo. Tópico Miami: ciudad sórdida y artificial. Pero al final de cuentas, el viaje a Miami era un viaje feliz, alegre, familiar, donde cada uno regresaba con unos kilos de más y las mejores ropas de las ofertas del Dadeland Mall. Pero a diferencia de estos viajantes, para el cubano, el viaje a Miami representa una partida sin retorno; es perder la batalla, claudicar y aceptar que esa satrapía enquistada en el poder desde hace décadas no se irá y que el que se tiene que ir es uno y dejar a los seres queridos y quizá no volverlos a ver. Eso lleva sobre sus hombros el que sale de Cuba: es un equipaje pesado. No es un viaje feliz.

Debí ser el único no cubano en la terminal de paredes color flan del *counter* de Cayman Airways. Los rostros de los viajantes estaban desencajados, muchos humedecidos de lágrimas. Mi equipaje era más pequeño que el que traje: le dejé mi ropa a Machito, solo regresé con lo que tenía puesto, *Los detectives salvajes* —leí muy poco— y algunas cosas para Radamés. Ni siquiera regresó mi cámara de fotos, porque cuando pasé por rayos X, en el José Martí, la cámara desapareció de la bandeja y la tarjeta de memoria quedó adentro. Reclamé al uniformado a cargo y me dijo que ahí nunca hubo nada, y mirando hacia una de las oficinas con olor a burocracia tercermundista como en la que pasé horas el primer día, dijo que si quería podía llamar a su supervisor. Preferí evitar la discusión. ¿Tenía acaso alguna opción de ganarla siendo la otra parte un militar del régimen de Fidel Castro?

Desde los ventanales asomaban la pista de aterrizaje y las faldas de las montañas tapizadas de verde. Los aviones. Los pasajeros subiendo y bajando las escalerillas. Y la voz de la funcionaria de la aerolínea escapaba de los parlantes anunciando que ya podíamos abordar el vuelo.

Fernando Olszanski nació en Buenos Aires, Argentina. Ha vivido alternativamente en Escocia, Ecuador, Japón y pasado por varias ciudades de los Estados Unidos. De profesión educador, también es escritor, editor y artista visual. Es autor de la novela *Rezos de marihuana*, el poemario *Parte del polvo*, y los libros de cuentos *El orden natural de las cosas* y *Rojo sobre blanco y otros relatos*. Como editor ha compilado las antologías *América Nuestra, Trasfondos, antología de narradores en español del medio oeste norteamericano, Ni Bárbaras ni Malinches, Antología de narradoras en Estados Unidos,* y *Don't Cry For Me, América, Escritores argentinos en Estados Unidos*, junto a Hernán Vera Álvarez. Fue director editorial de las revistas Contratiempo y Consenso, actualmente dirige la editorial Ars Communis. Reside en Chicago, Estados Unidos.

Yo te espero

Te vistes, Yandelis. Te vistes despacio como certificando que todas tus ropas están en sintonía con tu cuerpo. Miras tus pantaletas como si se hubiesen manchado, las hueles, te das cuenta de que huelen a tu sexo mojado, la razón por la cual te las sacaste anoche. Te pones el corpiño, te tocas como certificando que aún tus pechos, ya no tan firmes, pero voraces, están ahí, en la posición correcta. Levantas los brazos y dejas entrever una cicatriz debajo de la axila. Te pregunto qué te pasó ahí. Toda suelta me dices que te han apuñalado en una pelea en un antro de mala muerte, un lugar para tortilleras y maricones de La Habana. Ya sabía que te gustaban las mujeres, te había visto besando alguna vez a Marga, también a Liliana, pero también a Olivier y a Leonel. Veo otra cicatriz en tu cuello, prefiero no preguntar de dónde viene esa. Te pones la blusa y te cubres el torso. Los pantalones entran suaves en tus piernas. Me das la espalda al vestirte, veo tu delicioso trasero, firme, generoso, tentador.

—Eres hermosa, Yandelis —y lo digo sin filtros, sabiendo

que no te importará demasiado, que no querrás quedarte un rato más en mi cama. Te miro a los ojos cuando te das vuelta.

Te ves sorprendida. Tu mirada me corresponde. Parece que no escuchas eso muy seguido. Sé que has visto algo en la forma en que te miro. Algo que a lo que no estás habituada, que te gusta, pero que no te animas a probar.

—Lorenzo…

Levanto mi mano señalando que no necesitas decir nada. Lo sé. Ya me lo has dicho antes. Ya me lo he repetido varias veces en silencio, en la oscuridad, en bares, donde te veo bailar, sola, o acompañada por un hombre o una mujer.

—Lorenzo… ¿Conoces a Miguel Barnet, el poeta de mi país?

Niego con la cabeza. Conozco a varios poetas cubanos, pero no a él.

—«Yo te espero» —dices. Me tiras un beso en el aire y te marchas.

«Yo te espero», repito intrigado. «Yo te espero», susurro al vacío de mi habitación.

Han pasado un par de meses desde la última vez que te vi, Yandelis. Pregunto al azar, de manera distraída a aquellos que te conocen, que nos conocen, si han sabido algo de ti. Alguien me ha dicho que hiciste pareja con Miriam, que es también de La Habana, una fulana que frecuenta los bares punk y los antros de izquierda del sur de Chicago. Vaya combo, me digo. La espera se hace larga, Yandelis.

Bebo un último trago. Un mojito. Me ayuda a adormecer la espera. Tú, Yandelis, me enseñaste a hacer los mejores mojitos de todo el medio oeste norteamericano.

Camino hasta mi casa que está a pocas cuadras del bar. Veo a alguien esperando junto a la entrada. Ese alguien tiene una valija grande consigo. Ese alguien eres tú, Yandelis. Tu rostro me dice que has llorado, que la desolación te ha visitado a altas horas de la noche y que te ha dejado huérfana, vulnerable, indefensa. Me acerco a ti, tratas de sonreír. No hace falta que finjas, Yandelis, te he estado esperando. Estás aquí, no necesito que me digas nada.

Miriam te ha botado de la casa, pero no quiero que me cuentes tu vida cuasi conyugal. Te preparo comida. Risotto de champiñones. Sé que te gusta. Te sirvo un vaso de vino blanco. Hablamos de cosas sin sentido. Te abrazo. No me animo a besarte, aunque muero por hacerlo. Comes con ganas. Bebes con más ganas todavía. Te acuestas, como que quieres hacer el amor, pero estás un poco ebria. Te pido que me hables de La Habana. Balbuceas. Te quedas dormida enseguida. Me quedo mirándote. Me quedo tocando tu cabello. Me quedo dormido a tu lado.

La Habana y Buenos Aires son ciudades míticas, me dices. No hay muchas ciudades así. Me has pedido que te lleve a Buenos Aires, quieres encontrar El Aleph, pregonas convencida. Te he invitado dos veces, Yandelis. Las dos veces me has dicho que no tienes dinero. «Son dos ciudades que se parecen», sueles decir. «Son ciudades con las que siempre he soñado, son ciudades de gente que resiste, que batalla…». «Que sufre», te respondo. Y te quedas en silencio.

Cuéntame de la magia de La Habana, te digo, para rescatarte del silencio. Y tu rostro se ilumina. Hablar de tu ciudad te devuelve años. El brillo de la piel se te multiplica. Tu voz se aviva. Tus manos se vuelven pájaros. Tus ojos desparraman chispas. Y bailas. Bailas al compás de unos tambores que renacen a lo lejos, que te llegan aletargados pero concisos y te envuelven. Te mueves con las notas de las guitarras que acompañan los ritmos del Malecón. Tu cuerpo es miel. Tus caderas se bambolean entre el Ying y el Yang. Te transformas ante mí como nunca lo has hecho antes. Y por primera vez te entiendo. Ahora eres tan nítida, tan diáfana. En un efecto intestino me doy cuenta de todo. Una profunda ignorancia se apiada de mí y te muestra arropada en un sudor dulce, sabor a ron y melaza. Te vas desnudando a medida que bailas, y me desnudas también. Me haces bailar, aunque yo no baile. Ahora cae esa moneda que hace funcionar todo y por fin encuentro armonía. Siempre estuviste frente a mí y no lo podía ver. Tú eres La Habana. Tú eres el mito. La rebeldía. El jazz que suena en una terraza cualquiera. Y yo, un melancólico taciturno, hoy, en una mañana cualquiera, te envuelvo entre mis brazos y te alzo como si fueras una estatua griega expuesta en un parque. Me adueño de ti, al menos por un rato. Y comulgo en silencio, en besos, en fluidos, contigo.

Al llegar del trabajo te encuentro otra vez esperándome con la valija preparada. Y me imagino todo. Noto que has llorado otra vez. Has hablado con Miriam. Vuelves con ella. Me agradeces, aunque sabes que no es necesario. Te acompaño hasta tu auto y te doy un abrazo largo y cálido. Antes de subirte me preguntas si voy a esperarte para ir a Buenos Aires. «Lo que yo quiero realmente es esperarte», te contesto mientras sonrío.

Te quedas mirándome, dubitativa.

—¿Has leído el poema? —me preguntas.

—¿Qué poema? —contesto ingenuo.

Sonríes y me guiñas un ojo.

Veo cómo tu auto se dispara por la calle. Vuelvo a mi departamento, otra vez vacío. Entro en la computadora, a esa página de viajes en la que había estado esa misma mañana. Y cancelo los dos pasajes a Buenos Aires que había comprado unas horas antes.

Alba Lara Granero (El Pedernoso, España, 1988) es graduada del Máster de Escritura Creativa de la Universidad de Iowa y actualmente cursa un doctorado en literatura en la Universidad de Brown. Su trabajo ha aparecido en El País, El Estado Mental, Iowa Literaria, Literal Magazine, Suburbano.net y diversas antologías de relato breve.

Elfriede Jelinek predica frente al zoo de Nuevo Vedado

La guía dice que hay que visitar un edificio en la Habana Vieja. Él ha tomado la guía prestada de una biblioteca de Madrid. La humedad y el manoseo constante van a destrozar el libro, pero a él no parece importarle devolver la guía más tarde en condiciones deplorables. A ella puede que también le dé igual, pero lo desprecia a él por no haber comprado su propio ejemplar. Desde hace tiempo, cuando observa sus actos de tacañería siente ganas de escupirle. Lo ha visto llevarse la mano a la cartera para pagar un café a los amigos sin ninguna intención de hacerlo. La mano en el bolsillo se queda suspendida, confundiendo a la persona que creía estar siendo invitada y que, al final, se siente obligada a decir, no, no, pago yo. Él no se resiste, bueno, gracias. Ella se enrojece de vergüenza. Cada sábado, en Madrid, ella propone ir a cenar fuera, pero él no quiere gastar. Eres el ser más miserable del universo, piensa ella mientras imagina maneras de vengar la humillación a la que le somete su roñosería: acostarse con uno de sus mejores amigos, ponerlo en evidencia cuando se ofrece falsa y planificadamente a pagar, destrozar uno de sus baratos regalos, quemar billete a billete su sueldo de vendedora de cosméticos frente a él. Pero ella no hace nada, acumula rencor. En La Habana él solo quiere comer moros y cristianos en paladares donde pagar con moneda nacional. Ella sabe que su «vivir como un local» es una excusa para economizar. Él nunca deja propina. Toma mojitos de dudosa procedencia. Camina la ciudad creyéndose cubano. Qué imbécil, qué vergüenza, piensa ella. Pero ahí está, le dice cada noche que lo ama. Te quiero, Paco, buenas noches. Y luego reza para que cambie. Es improbable que cambie, sin embargo, es un viejo, es demasiado viejo para ella. Ella acaba de cumplir 20 años. Él tiene 40. Recientemente él le ha dicho que su vida sexual podría ser más variada. Ella ha pensado, pero no ha dicho: acabo de terminar el instituto. En La Habana ella está poniendo en práctica algunas técnicas sobre las que ha leído en internet. No sabe qué hacer con su pelo corto, la humedad lo tiene descontrolado y parece un espantapájaros. Ella tiene los miembros aún suaves, es solo una niña, pero en el espejo ve un cuerpo torneado y firme. Después de pagar 24 CUP por un almuerzo abundante, ambos van a ver ese edificio que viene en la guía Lonely Planet. Un edificio Art-Decó monumental que parece trasladarlos a una película futurista. Es una librería. La Moderna Poesía.

Entran, comprarán unos libros. Al menos ella comprará unos libros. El edificio es grande, pero no hay mucho que comprar. Él le habla de la historia del lugar, lo que ha leído sobre el sitio. A ella no le interesa la historia del lugar. Se fija en el presente. Unos cuantos libros están esparcidos por las mesas, pero no alcanzan a cubrirlas. Los vacíos llenan de tristeza el ambiente. Todo es viejo y las ediciones son de baja calidad. Un título: *Los excluidos*. Una portada verde aguamarina descolorida, una fotografía de dos sillas viejas y destartaladas. Parecen las sillas de una escuela en ruinas. La contraportada le dice que es obra de una autora austriaca que ha ganado el premio Nobel, Elfriede Jelinek. Ella ha pasado mucho tiempo leyendo a Thomas Bernhard últimamente y ha pensado que quizá desde que lee al austriaco odia a su novio, pero esto no puede probarse, y puede que fuera verdad antes. Él se opone a la compra. Dice que es la Thomas Bernhard mujer. La conoce, pero no la ha leído. Él es profesor de literatura en una universidad privada de Madrid. Conoce muchos nombres. Dice, mejor lee a Bernhard y déjate de imitaciones. Ella no escucha su consejo, por primera vez no lo escucha, y compra el libro por dos o tres CUC. Las páginas se han amarilleado por el paso del tiempo y el olvido. Él no compra nada. Se sientan en un café a descansar y él saca su guía y se pone a leer.

No le lee a ella, se ensimisma. No es un gesto extraño, es la norma. Ella, por primera vez, no se enfada. No le importa que la ignore. Busca con la mirada ojos con los que juguetear en otras mesas y los encuentra. Se entretiene coqueteando con hombres que la desean a unos metros sin que él lo note. Ella piensa que debería ir al baño y hacerle un gesto a cualquiera de ellos y devolver la humillación a la que le somete él. Pero, en cambio, se aburre del coqueteo superficial y abre su nuevo libro. Le gusta la violencia con la que comienza, ella también quiere refundarlo todo, aunque no sabe con qué propósito. No siente compasión ante el hombre que está recibiendo una paliza a manos de cuatro adolescentes delicados e intelectuales. Se imagina que es su novio el que está tendido en el suelo y cuya sangre no se ve porque es de noche. Es horrible lo que lee, pero es hermoso. Cuando regresan a la casa ella pone en práctica sus nuevas técnicas. Descubre las canas del vello púbico de él. Ella se ha afeitado y eso a él le gusta. Los dos tienen orgasmos. Sudan en el edificio a medio construir que un conocido les ha alquilado por casi nada frente al zoo de Nuevo Vedado. Él pone la televisión, que enseguida les muestra un mensaje en una tipografía de videojuego antiguo:

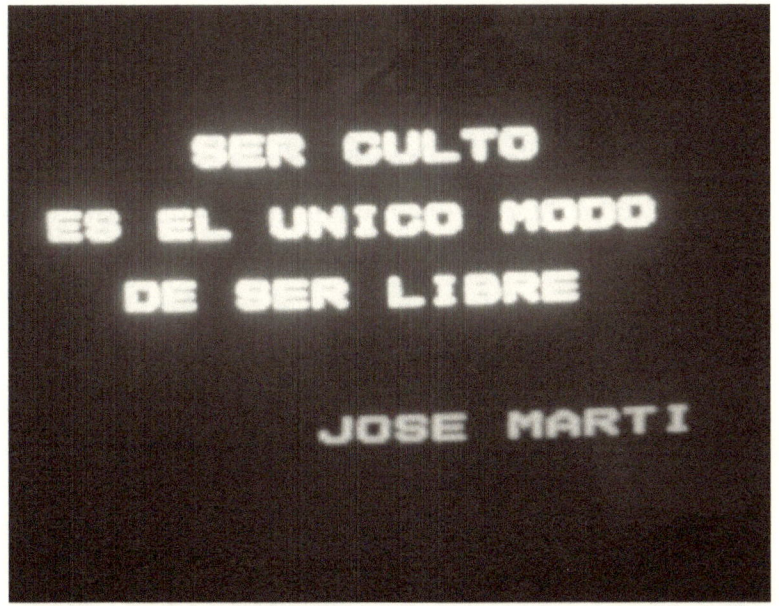

Él toma una foto de la pantalla y sus cuerpos desnudos quedan inmortalizados en el reflejo. Están poniendo una película en blanco y negro, una película de Fellini. *Divorcio a la italiana*. Ferdinando imagina formas de librarse de su esposa, la quiere quemar en un caldero hirviente, la quiere mandar al espacio en un cohete. Ella se levanta y le da un beso a él, que no presta atención a la película. Él lee la guía. Ella decide que se va a culturizar para que si llega el caso de tener que ejercer violencia pueda hacerlo con elegancia como Jelinek o Fellini. Al final y al cabo, tiene vocación, sabe disfrazar la rabia de amor. Hasta ella misma se lo cree a veces. Elfriede Jelinek, sigue leyendo en la contraportada, formó parte del partido comunista austriaco. Por eso estaba en la librería, piensa ella. Lo mira a él. Deberíamos ir a bailar, dice ella. Es ya muy tarde, dice él. Ella se divierte imaginando formas de deshacerse de él para siempre como Ferdinando. Quizá deba animarlo a seguir tomando mojitos baratos. Sale a la terraza y grita: ¡quiero bailar! Y empieza a ensayar algunos pasos torpes de ballet. Paco perdiendo el avión de vuelta a España; Paco enamorándose de una mujer cubana; Paco abducido por extraterrestres en el Malecón. Ha empezado a llover. La terraza se ilumina. Ambos han visto caer un rayo frente a ellos. Niña, la llama él, qué cerca ha estado.

Oswaldo Estrada (Santa Ana, California, 1976). De origen peruano, vivió en Lima hasta los catorce años, cuando su familia emigró a los Estados Unidos. Es escritor de ficción, ensayista y profesor de literatura latinoamericana en la Universidad de Carolina del Norte, en Chapel Hill. Es autor y editor de varios libros de crítica literaria y cultural. Sus ficciones han aparecido en revistas y antologías de Latinoamérica, Europa y los Estados Unidos. Suyos son *El secreto de los trenes* (México: UAM, 2018), una adaptación para jóvenes lectores de «El guardagujas» de Juan José Arreola, y el libro de cuentos *Luces de emergencia* (Granada: Valparaíso, 2019). Es editor y coautor de *Incurables. Relatos de dolencias y males* (Chicago: Ars Communis, 2020). Su libro *Las locas ilusiones y otros relatos de migración* será publicado en la editorial Axiara por haber recibido el Primer Premio del Libro Latino y Latinoamericano 2020.

Cuchara de palo

Si las cosas que uno quiere

se pudieran alcanzar

De la mujer altiva y bien plantada sobre la tierra ya no queda nada. Acostada en el centro de la cama, perdida para siempre en dos almohadones que intentan levantarla, la señora Toya es una muñeca rota y lejana.

Hasta hace algunos años todavía llamaba la atención. Alta, de rostro seductor, pómulos pronunciados. Y unas caderas abundantes que delataban su origen cubano. Ahora es plomiza, un manojo de troncos secos. Tiene la mirada perdida en el espacio.

Es raro verla así y no en la cocina, meneando la olla con una inmensa cuchara de palo. Cantando que en Cuba dejó algo enterrado. La vida o el corazón. Agarrándose la cintura con la otra mano.

—Dile a tu madre que de ninguna manera. Cuando quieras comer estos tamales cubanos será de mi mano. Las recetas de mi familia son para mis hijas. No para cualquiera.

Sus zapatos de taco la elevan por los aires. Flota por encima de todo con esa bata que lleva sobre la ropa. Para abrigarse o no ensuciarse en la cocina. Azucena quisiera gritarle que también ella lleva su sangre, pero la vieja ya se lo ha dicho en otros momentos. Haciendo alarde, fumando un cigarro, tomando su café cargado en una tacita de porcelana. *Los hijos de mis hijas mis nietos son. Los de mis hijos a saber de quién son.*

Maldita. Si no fuera porque ella y sus hermanos necesitan los trapos viejos que la abuela les regala dos o tres veces al año. Ropa que dejan en casa sus nietos mayores. Con algún manchón de lejía. Desgastadas las mangas, con hoyos en los codos. O por la plata que les presta después de muchas súplicas, con un recibo firmado.

Quisiera correr por ese largo pasillo de losetas blancas y negras. Abrir la puerta de la cocina y huir como la perra que se escapa de casa cada vez que alguien se descuida. Lo intenta cuando su abuela vuelve el cuerpo hacia el caño para lavar algo, cuando se agacha para sacar del repostero un bulto de ajíes o pimientos. Maíz tierno. O en el instante en que fríe unos trozos de cerdo con un poco de sal, unos dientes de ajo. Y algo más.

No puede hacerlo. Es un peón en ese suelo de ajedrez y su abuela la reina del juego. Sólo con el olfato imagina los ingredientes secretos que mezcla en su paila de metal. Le tiene prohibido acercarse. Porque se puede quemar con el aceite o esa llama de tintes azules. Maldita sea. Debe esperarse a que le suelte la plata, guardarla en los zapatos y agradecerle el favor con todo respeto, después de limpiar.

—¿Sabe quién soy? —En el trayecto de dos horas a la capital, Azucena ha ensayado esta pregunta, recordando humillaciones y desprecios de toda laya.

Los ojos le contestan con pavor. Le tiemblan las manos malogradas por la artritis. Busca algo de qué agarrarse. Las asas de la olla. Una cuchara. Un tenedor.

Su padre había tenido hijos por todas partes. Cuando aparecía por casa, borracho, exigiendo algo, le gustaba enumerarlos. Dos con la piurana. Tres con su esposa en Jesús María. Uno en Chosica, idéntico a él. Una niña con la hija del cura. Y el Siete Leches que le habían adjudicado en una casa de mal vivir. Más los tres hijos con la Martha, que no había conocido hombre antes de él, aunque su abuela los negara como una gracia. Feliz de ver a su nieta a punto de llorar.

Quisiera recriminarle que la hiciera menos. Que jamás la invitara a sentarse en el sillón. Sólo a una tonta como ella se le ocurre dejar el puesto de comida en manos de su ayudante para ver a la abuela en su lecho de muerte. Un ajuste de cuentas. Ponerse en paz.

—¿No me reconoce?

—No insista, por favor. —Su voz sigue siendo la misma. Ronca. Rasposa. Agita las manos en el aire. Tose y vuelve a arrancar—. No queremos muchacha. La última que tuvimos se llevó mis sartenes. Mis ollas alemanas. Dos candelabros. La gente sabe que tenemos cosas finas, reliquias de La Habana, y se meten a robar.

Aun decrépita conserva su aire de superioridad. Sólo porque en su casa comen moros y cristianos. Croquetas y pastelitos de guayaba, yuca con mojo y picadillo a la hora del almuerzo. No la quinua, el pulmón y las mollejas que Azucena prepara en su cocina ambulante.

—Soy su nieta —intenta decirle. Pero la vieja tuerce los labios con desprecio. Lo niega con la cabeza. La cholita que tiene enfrente la quiere engañar.

Menuda y redonda, chaposa, con sus dientes blancos y unas pecas oscuras en los labios, Azucena no encuentra una gota de ella en esa anciana que se pasaba la vida hablando de sus niñeces en Cuba, de los retratos que se hizo la familia en el estudio de Foto Modelo en La Habana, Calle Monte, número 83. Ella con su vestido de encajes y su hermano en traje de marinero. Nada que ver con las fotos chuscas de los limeños, con paisajes falsos, plumas y sombreros.

A través de la abuela, sus cuentos y esos retratos que

desempolva cada vez que la visita, Azucena imagina que La Habana es mejor que Lima, con gente elegante caminando por un malecón de ensueño. Carros salidos de una película antigua. Domingos en una terraza soleada, bañada de brisa. Y boleros sentidos como esos que canta la señora Toya cuando prepara la comida. De veinte años y dos gardenias y lágrimas negras.

Cuando sea grande voy a viajar a La Habana, piensa de regreso a casa, esquivando piedras y desechos, algún pedazo de vidrio o una cáscara en el suelo. Quiero ver esas calles elegantes. Sus barandas. Pasearme con mis tacos por el malecón. Un vestido largo. Llevar el pelo suelto.

A ese rinconcito acude sin que la abuela la desprecie. Y hasta lo usa como amenaza cuando su madre la deja al cuidado de sus hermanos, a cargo de la comida. En cuanto pueda agarro un avión y me largo a la isla.

—Eso de Cuba no es cierto, hija —alcanzó a decirle su madre unos años antes de morir. Obligándola a aterrizar de emergencia—. Tu abuela es una acomplejada. Se ha inventado ese cuento porque le da vergüenza su origen.

—¿Y las fotos, mamá?

—Serán de alguna revista. Como se casó con un abogado importante, dice que es de La Habana. Que a ella y a su hermano les cosieron las joyas de la familia en la ropa para mandarlos al exilio. Imagínate. Que les quitaron la casa y por eso vinieron a Lima.

—No seas mala, mamá…

—Yo sé lo que te digo. ¿Acaso habla como cubana? Cubanos son esos pobres que llegaron hace poco de su tierra y viven al amparo de la Cruz Roja. Esos que se metieron a la embajada y lloran en la tele porque no se acostumbran a estar en Lima.

—Es que era muy pequeña cuando vino.

—Eso dice porque le conviene. Quítale las elegancias que lleva encima y es una zamba de callejón.

La detestaba por haberla humillado desde que la vio embarazada. Por tener que agachar la cabeza frente a su puerta para pagar el alquiler de la casa. Los útiles escolares. Soplándose sus reproches.

Por eso en cuanto pudo mandó a la hija mayor. De ocho, nueve años.

—No quiero ir, mamá —le rogaba Azucena en el paradero del ómnibus—. Me da vergüenza pedirle a esa señora.

—Hazlo por tus hermanos. ¿No ves la necesidad? Tu padre es un cero a la izquierda. Me tienes que ayudar.

La señora Toya la recibía de mala gana. Pero en la cocina se ablandaba con la nieta y le calentaba algún plato del día anterior. Potaje de garbanzos. Ropa vieja. Y unos tamales encantados que se desmoronaban en la lengua y daban brincos en el paladar. Con su puntito de grasa y trocitos de chancho, tiernos, sabrosos. Distintos a los que ofrecían a gritos las tamaleras del centro.

—¿Quieres otro?

A la vieja le divierten sus cachetes colorados, sus trenzas renegridas, amarradas con un lazo. Que le hable de usted y la visite con traje escolar un sábado por la mañana. Duda que sea su nieta. Pero la cholita es acomedida. Le lava los platos. Barre bien. Hasta le baña a la perra en el jardín.

—Dice mi mamá que si me da la receta.

No era la madre sino ella la que quería hacerlos en casa. Envolverlos en sus pancas, oler el vapor de la olla en marcha, degustarlos lentamente. Uno tras otro. Al pie del fogón.

Sólo de acordarse le dan ganas de llorar. Por los tamales y esa casa con las fotos de sus hermanos y su papá. Que sacara pecho del nieto mayor porque estudiaba medicina. Que a Mariela, por sus quince años, le hubiera regalado su medallón de la Virgen de la Caridad. Y a ella ni un palo en las costillas.

—La abuela ya no se acuerda de nada, Azucena. Dice que la he raptado. Me pide que la lleve a su casa. A la Plaza Vieja. A dar una vuelta por el Paseo del Prado. Cree que vive en Cuba con su madre y su hermano.

La tía Lina tiene razón. Ha llegado tarde a pedirle cuentas.

—Te la encargo un par de horas —le indica con la mano en el umbral—. No tengo con quién dejarla y ya no tenemos comida en la cocina.

La han llamado para eso. Para que sirva una vez más.

Podría decirle sus frescas. Agarrarla a palos o jalarle esos pelos amarillentos. Pero la observan los retratos de esos hombres y mujeres que tal vez son sus hermanos. Ya grandes. Con familia. Alrededor de una mesa. En el campo.

—Lo único que no le perdono —se atreve a decirle por fin— es que no me diera la receta de sus tamales cubanos.

Lo piensa en su puesto cada vez que le alaban su chanfainita, su mondonguito a la italiana. Cuando piden otro plato de tallarines con raspado de zanahoria, una causa. Si los peones se hacen lenguas con su menú del día, los tamales de la abuela volarían en el mercado.

—¿No te di la receta? —le responde sorprendida, mientras ella espera como antes, con las manitas atrás. Gordas. Goteando de nervios.

El olor dulce de las hojas de maíz la ha perturbado toda la vida. Y esa masa de especias y medidas ocultas, hecha a fuego lento en la hornilla del medio. Con caldos arcanos. Una pizca de esto. Otro poco de aquello. Incluso cuando dejó de ir a verla a los quince o dieciséis. Porque estaba harta de sus ínfulas. Que la tratara como sirvienta.

Perdida en su propia neblina, la señora Toya agita las mandíbulas. Busca palabras secretas, intenta recordar. Se agita. Y de pronto tararea una canción que cantaba en la cocina. La de una niña y un árbol. Unidos por un nombre y una flor.

—Por algo será —le contesta con la voz de otros años. Agarra de nuevo la sartén por el mango. Y blandiendo el brazo derecho, seco como cuchara de palo, le pone otro poco de sal en la herida. Hay recetas, sentencia por última vez, que sólo son para esta familia.

Camilo Pino es un novelista venezolano radicado en los Estados Unidos. Es el autor de *Valle Zamuro* (Pre-Textos), *Mandrágora* (SED) y *Crema Paraíso* (Alianza). Estudió Periodismo en la Universidad Central de Venezuela y Comunicación en la Universidad londinense de Westminster. Fue alumno del taller de poesía del Centro de Estudios Latinoamericanos Rómulo Gallegos. También ha sido periodista, guionista y publicista. Actualmente vive en Miami, donde escribe ficción y adapta obras literarias para la televisión.

Cuba es un relato

Un ogro aterroriza a una isla, esclaviza a sus pobladores, prostituye a sus mujeres, vende a sus niños. Es un ogro enorme, tiene un apetito insaciable y se traga de un bocado a quien se le resista. Un día los hombres de la isla, hartos de los abusos, se juntan para combatirlo. Buscan refugio en una montaña y se dejan crecer la barba. La barba es un símbolo de su lucha. En la montaña, resisten con valentía las terribles embestidas del ogro. Pero un día se dan cuenta de que el monstruo tiene los pies de barro y bajan decididos a dar la batalla final. En el camino, todos los pobladores de la isla se les suman. La escena es hermosa: hombres, mujeres y niños expulsan al ogro que escapa llorando.

Los barbudos toman el palacio de gobierno e instauran un nuevo orden, el orden de la igualdad. Desde el primer día trabajan en sus planes: alfabetizan, organizan alegres jornadas de zafra, construyen hospitales y hasta viajan a otros países para liberarlos de sus respectivos ogros y formar la primera generación de hombres nuevos. Pero el ogro no ha muerto, sino que se ha mudado al reino de los ogros, y desde allí le tiende trampas a los barbudos a diestra y siniestra; trampas traicioneras, crueles e inescrupulosas, capaces de confundir a cualquier persona de buena voluntad.

El ogro es tan malo y astuto, que todavía hoy, a más de sesenta años de su derrota, sigue con su terrible venganza. Por eso los barbudos nunca logran su cometido, porque el ogro la tiene cogida con ellos, y además cuenta con el apoyo del país de los ogros, que es el más poderoso del mundo.

Ese fue el primer relato de Cuba que conocí. Me lo contaron cientos de veces en mi infancia y mi adolescencia. Lo escuché de poetas, novelistas, profesores, políticos y trovadores, algunos muy buenos en sus respectivos oficios. Ya Edwards tenía años de haber publicado su *Persona non grata* y el caso Padilla había dividido a la intelectualidad latinoamericana, pero yo era un adolescente que me enteraba de lo que pasaba en la isla a través de los García Márquez, Cortázar y Cardenales del mundo, a quienes estaba descubriendo en esa época. Especialmente a Cortázar, que, en mi caso, ocupó el sitio que Tolkein y Heese suelen ocupar en la imaginación de los lectores adolescentes. Yo leía las ficciones de Cortázar deslumbrado por su fuerza creativa, y luego saltaba a sus panfletos, que tenían el atributo de tratar temas reales, importantes, de darle un propósito a mis lecturas.

Con el tiempo me aburrí del Cortázar panfletario y se

me fue olvidando el cuento del ogro. Cuba era un territorio distante, un mundo aparte que no tenía nada que ver con mí vida de joven caraqueño. No fue sino hasta llegar a la universidad que volví a pensar en el tema seriamente y a percatarme de lo obvio: el cuento de hadas no era sino una extraordinaria pieza de propaganda política. Curiosamente, quienes me abrieron los ojos fueron sus defensores más fervientes, los profesores y estudiantes socialistas, cuyas ideas me parecían cada vez más obsoletas, falsas y contradictorias.

Estudié periodismo en la Universidad Central de Venezuela. La escuela tenía un ritual de iniciación que consistía en beberse el alma en el Festival de Cine de la Habana. Al principio, me mostré reacio a ir. Tenía pensando estudiar una maestría en los Estados Unidos y temía que un viaje a Cuba pusiera en riesgo la aprobación de mi visa. Las historias que otros estudiantes contaban del Período Especial reafirmaron mi decisión de perderme la fiesta. Pero los tours los organizaba un buen amigo que me fue convenciendo de que valía la pena. El pasaporte no lo sellaban y en el peor de los casos, me daría cuenta por mí mismo de la situación allá, me decía. La verdad es que el prospecto de una gran fiesta acabó por convencerme y al cuarto año de mi carrera me embarqué en el vuelo *charter* que la universidad tenía fletado para La Habana.

La promesa de una fiesta era real. Yo, que he ido a miles de fiestas en mi vida, no recuerdo ninguna tan excesiva como aquella. Un solo ejemplo: haber visto la línea de cocaína más grande del mundo y una larga fila de estudiantes y profesoras afanándonos en terminarla. Fue, supongo, el equivalente al viaje de un estudiante estadounidense a Cancún, o al de un inglés a Ibiza, con el detalle de que el contraste entre la realidad cubana y los privilegios de los turistas era de una obscenidad perversa. Años después, la experiencia me serviría de referencia para la escritura de *Crema Paraíso*, una novela en la que relato una gran fiesta de intelectuales en Cuba.

Ser testigo de primera mano de la miseria del castrismo, y del sufrimiento del pueblo cubano, terminaría de aclarar mis ideas sobre la revolución. Era evidente que la gente estaba pasando hambre. Los pedidos desesperados de ayuda en la calle, a sabiendas de que podían costarle la cárcel a quiénes los hacían, todavía me espantan. El ogro nunca existió. Quien sí existía era Fidel Castro, uno de los dictadores más longevos y crueles de la historia del continente que dio a Gómez, Videla, Pinochet y Trujillo, por nombrar a los primeros que se me ocurren.

Regresé a Caracas convencido del fraude revolucionario, pero Cuba seguía siendo un territorio aparte. Al fin y al cabo, se trataba de una isla. Sus habitantes estaban sujetos a un aparato de control social brutal, pero estaban limitados por su geografía. En un mundo donde las noticias comenzaban a viajar por Internet, era prácticamente imposible establecer un sistema como el castrista en una región continental, mucho menos en Venezuela, un país relativamente próspero y cosmopolita.

Volví a pensar en serio en Cuba cuando me mudé a Miami, en el año 2000. Entonces el idilio entre Chávez y Castro comenzaba a dar sus primeros frutos, y la diáspora cubana se encargaba de advertirme constantemente que Venezuela iba por el mismo camino que su país. El tiempo les dio la razón, Cuba no era el territorio aislado que imaginaba en mi juventud, y la alianza entre los regímenes de los dos países conduciría a Venezuela a uno de los procesos de decadencia más agudos y crueles del mundo contemporáneo (temo que no es una hipérbole).

En Miami también vi como la diáspora venezolana se iba pareciendo cada vez más a la cubana, no sólo en su exacerbado conservadurismo, sino en otros aspectos menos sospechados, como el literario. Aquí descubrí uno de los mayores aportes de los exiliados cubanos al mundo, una literatura en transición que salía de la isla para narrar el purgatorio del inmigrante.

El descubrimiento llegó como una epifanía. En esa época pasaba mucho tiempo en la recién estrenada biblioteca de South Beach, un edificio espléndido a una cuadra del mar. Un día cogí un libro al azar, *Cuentos desde Miami*, una antología de autores cubanos radicados en la ciudad editada por José Abreu. Abrí una página cualquiera y comencé a leer un relato de Leandro Eduardo Campa. El protagonista era una especie de vagabundo que se había robado una cadena de oro en el centro de la ciudad y buscaba refugio en una biblioteca donde aprovechó y se echó una siesta. Al despertar, salió a la calle y se encontró en el futuro. Los carros volaban y la gente vestía extraños trajes plateados. En lugar de espantarse, el hombre decidió seguir con sus planes y venderle la cadena de oro robada a un transeúnte como si no hubiera pasado nada. La coincidencia, haber leído al azar un cuento que sucedía en un sitio igual al que me encontraba, y sobre todo el registro tan original y profundo del cuento, me cautivaron.

La historia de Campa era insólita. Había llegado a Miami en la crisis del Mariel, pero en lugar de encontrar el sueño americano, terminó en la calle, donde se afanó en relatar y cantar su nuevo mundo. Un buen día se había esfumado y al momento de la publicación de la antología, nadie sabía dónde se encontraba. De Campa pasé a Guillermo Rosales, el autor de esa tremenda novela que es *Boarding Home*, y desde entonces no he parado de leer a escritores cubanos basados en los Estados Unidos y Europa, cuya literatura híbrida y transicional hoy en día considero propia. Frente a mis narices, se estaba gestando un arte que trascendía nuestro pasado común, el de la pérdida de un país y sobre todo, el de nuestra nueva vida de inmigrantes. Libros como *El portero*, de Reinaldo Arenas, o la misma obra poética y narrativa de Campa, se metían en terrenos profundos y oscuros, y sin embargo, transpiraban una belleza que yo aspiraba a tocar en mi trabajo.

«No hay libro tan malo que no tenga algo bueno», dice Cervantes que dijo el Quijote que dijo uno de los Plinios. Yo me atrevo a decir que no hay crisis tan mala que no tenga algo bueno, en este caso un movimiento literario referencial para artistas que, como yo, venimos de países devastados y escribimos desde la diáspora. Es un consuelo de tontos (por nada en el mundo cambiaría el bienestar un país por un movimiento literario), pero consuelo al fin.

Anjanette Delgado, escritora y periodista puertorriqueña, es la autora de *La píldora del mal amor* (Simon and Schuster, 2009), novela ganadora del Latino International Book Award en 2009, y de *La clarividente de la Calle Ocho* (Kensington Publishing & Penguin Random House, 2014). Su obra ha sido publicada en numerosas antologías, así como en The Kenyon Review, Pleiades, Vogue, Hostos Review, The Hong Kong Review (de la cual fue editora), NPR y The New York Times. Es ganadora de un Emmy y está nominada a un premio Pushcart este año. Vive en Miami.

Cómo querer a un cubano

1.

Hace mucho que vivo con un cubano. Ese no es el problema. El problema es que no sé quién es. No realmente.

Por años, pensé que sí sabía. Solo ahora, obligada a atravesar una pandemia como mosca que traspasa las aspas de un abanico encendido, entiendo que toda esta cotidianidad bicultural sobre la que rueda mi vida no es más que un bastidor. Un biombo cuya única función relevante es preservar misterios, esconder lo que no conviene.

Quince años (¡quince años!) y solo ahora lo veo claro gracias al CDC, que me dice, como si nada, que si no me quiero morir debo guardar al menos seis pies de distancia, incluso dentro de mi propia casa, con cualquier persona que salga a trabajar y se exponga a contraer el virus a través del contacto casual con otros.

Mi marido sale a trabajar. Se expone a contraer el virus a través del contacto casual con otros. Es ingeniero y alguien le ha dicho que es esencial para otros que no son yo. Como es cubano, lo cree.

Así que nos distanciamos. Los cuerpos, sí, pero también otras cosas porque no sé qué hacer con tanto espacio entre los demás y yo. Entre él y yo.

Creo que nunca antes lo he observado de lejos y, ahora, con estos seis pies entre nosotros, puedo ver claramente que es otro. Que esconde cosas.

A los dos o tres días de distanciamiento social (y que otra cosa puede ser un distanciamiento, si no es social), aprendo a volar. A deslizarme de cuarto en cuarto rozando apenas el piso de terrazo con los dedos de mis pies. Me elevo solo una pulgada o dos, pero es suficiente. El problema se esclarece de inmediato:

¿La realidad? Nunca conoces realmente a un hombre cubano. Una parte de él no es conocible. No se dejan conocer.

2.

El problema con eso es que no se puede querer lo que no se conoce y, ¿dónde crees que me deja eso? Quizás al final de la historia. Quizás me deja al final y como no estoy segura de querer que sea el final, reúno todo lo que sé de él en una cajita que coloco en el *Cloud* que es mi confusión.

Inventario del cubano que vive en mi casa:

—Se llama Daniel.

—Le encantan los documentales.

—Toma el café negro, fuerte y amargo, como muchos otros cubanos. (Lo beben muy muy dulce, o amargo. No hay términos medios.)

—Si cincuenta veces se topa con la imagen del actor británico Anthony Hopkins en algún lado, cincuenta veces dice, «qué actorazo, por tu vida».

—Es alto, de nariz larga, pelo canoso y cejas espesas.

—Usa anteojos pequeños y cuadrados sobre ojos oscuros que se vuelven arruguitas cuando sonríe.

—Tiene las manos grandes y cuando te abraza, crea una cueva protectora a tu alrededor.

—Es ingeniero porque siente serlo. Le gusta ingeniar, componer lo que está roto.

—Cuando me dice que sigo siendo «la mujer que lo mata», le creo.

—Fuma tabaco y bebe vino.

—Tose mucho en las mañanas.

—Le gusta ocuparse de otros antes que de sí: de mí, de su madre en Cuba, de nuestras hijas; la de él, las mías, y hasta de Lola y Annie, nuestras perras. Es su deber y cumplir con su deber lo hace feliz.

—Nació en La Habana pero su dirección de correo

electrónico termina en yahoo.es y las noticias que le gusta leer son las de *El País*. Supongo que es una cosa cubana. Que se sienten un poco españoles en la misma forma en que los argentinos se sienten un poco italianos o franceses. (No. Los puertorriqueños no nos sentimos americanos y la palabra correcta sería estadounidenses, pero tampoco nos sentimos eso.)

—La amistad lo es todo para él. Entre el amor y la amistad, escogería la amistad.

—Lo único que le importa más que la amistad, es el trabajo.

3.

Claro que sí sé otras cosas sobre él, pero ninguna importa ahora porque aunque lo que sé es más que lo que no sé, lo que no sé actúa como una goma de borrar. Me lo desdibuja. Me lo desaparece. Le resta valor a lo que creía saber.

Por ejemplo, no tengo idea (y jamás la he tenido) de lo que hace con el dinero que le sobra, ni por qué se enoja tanto con la gente que pierde la mente o se enferma, ni por qué lo saca de quicio que yo mueva los muebles de lugar, ni por qué, siendo tan generoso con cosas que nadie le ha pedido, basta que le pidas algo para que oponga resistencia a dártelo.

Y no sé por qué no es capaz de faltar al trabajo, ni de llamar enfermo un día, esté o no enfermo.

Antes no me importaban estas cosas, pero ahora sí porque ahora podemos morir. O él o yo, o los dos.

Siempre pudimos, ya lo sé, pero ahora la posibilidad se siente más probable porque hace poco más de una semana, murió la primera víctima de coronavirus en Miami: un hombre saludable de 40 años.

Ahora me importa porque ayer murieron más de cien en la Florida solamente y hoy morirán otros doscientos que hace una semana se sentían tan perfectamente como decimos sentirnos él y yo y, ya no es que me importe, es que me aterroriza saber que en solo unas horas habrán muertos mil Danieles más y que otra vez, como hace años, volveré a ver viudas por dondequiera.

Ya han comenzado a acecharme con sus lágrimas negras, con ese llanto viudo, descosido, desgarrado. Me hacen polvo con sus voces sin vida. Me revuelven la memoria con sus lamentos y con esos ojos de pozo sin fondo que tienen todas. Una y otra vez, escucho sus rosarios, primero en Twitter, luego en Facebook y luego en Instagram. Los mismos rezos ahogados, como para sugestionarme.

O para advertirme del grave problema que representa vivir la vida junto a alguien que no permite que lo conozcas.

Levanto la vista de esto que escribo y ahí está Daniel, observándome.

—No sé cómo logras concentrarte tanto.

—¿Qué era? —le pregunto, molesta aún por la pelea de hace un rato.

—Nada. Venía a darte un beso.

Miro la hora en mi ordenador.

—¿Ya te vas a trabajar?

Me besa rápido.

—Ya me voy, no. Ya me fui.

Me quedo con las ganas de volver a decirle que arriesga su vida y la mía yendo al maldito trabajo, que no entiendo cómo puede hacerlo, que ninguna posición, ningún salario, vale la vida.

Quizás por eso, cuando el ruido que hace el motor de su auto al encenderse, se mezcla con las voces de las viudas en mi cabeza, cometo el error de escucharlas. No dicen nada que yo no sepa. Solo que me prepare a llorar al cubano este que ya no conozco, que quizás nunca conocí.

Les digo que no, que primero me convertiré en detective si es necesario. Que descubriré quién es mi marido para poder seguir queriéndolo porque estoy convencida de que, en él, la inhabilidad de siempre, esa que no lo deja darme lo único que le estoy pidiendo, está directamente relacionada con el hecho de que es cubano.

No les recuerdo que para poder llorarlo como aconsejan, tendría primero que haber sabido quién fue.

4.

El año en que dejé de ser niña, la isla de Puerto Rico se llenó de cubanos que llamaron marielitos. Mi mamá decía que aquello era una invasión y no perdía ocasión para llamarlos «espatriaos» cuando la verdad es que los únicos «espatriaos» en toda Latinoamérica somos nosotros, los puertorriqueños. Los únicos colonizados todavía. Los que a veces nos sentimos «ni de aquí ni de allá» porque para los americanos no somos más que un montón de negros lindos que joden mucho y no les resuelven nada.

Yo no estuve nunca de acuerdo con mi madre. A mí aquellos cubanos me parecieron hermosos desde el primer día, y su llegada, más que oportuna. No los veía como refugiados ni visitantes, sino como mágicos cazadores furtivos, la piel siempre entre tostada y rosada por padecer de una fiebre eterna.

Me atraían como el dulce con aquellas cejas pobladas

sobre ojos almendrados, casi redondos, los labios del color de las guayabas maduras que vi alguna vez en el mercado de Río Piedras, hostigadas por tanta mosca y bellas a pesar de eso, o quizás más bellas precisamente por ello.

Muy pronto, mi escuela se llenó de cubanitos y Miss Morales me asignó a ayudar a varios de ellos con la asignación de inglés. Y es verdad que eran muy malos en inglés, pero sabían más que yo de ciencia, matemática y literatura, y mucho más que yo de cosas prohibidas aprendidas en «la beca», ese tiempo de trabajo bajo el sol, tan lejos de los padres, tanto niño junto en la oscuridad de noches en el campo.

Yo no entendía tanta clandestinidad. No sabía que la mirada tan a menudo perdida se debía a que eran hijos de una cosa histórica y cruel. A que, como yo, eran hijos de un padre que les había robado la inocencia y les había quitado el aire, matándolos de ira, aislándolos con prisiones y proclamas.

Más tarde aprendería que la mirada disoluta era en parte lo que les daba aire de inalcanzables, más a los hombres que a las mujeres, producto de la costumbre aprendida de ocuparse del cuerpo para no pensar en lo que no tenía remedio: en el hambre, en el tedio, en la prohibición que hacía del soñar un delito. De hecho, en las noticias decían que los marielitos eran criminales, pero nunca explicaban cuál había sido el crimen que había cometido tanta gente al mismo tiempo.

Uno de mis «discípulos» se llamaba Arnaldo y a veces estudiábamos en su casa, rodeados por su familia.

Nunca había visto gente que se quisiera tanto y lo demostrara. El día entero se decían Mima y Pipo entre ellos, de cariño, y yo nunca sabía a quién se referían y no me importaba. Sus papás trabajaban largas horas en la panadería de un cubano acomodado de los que había logrado irse antes, escapando así de que lo llamaran criminal (pero no de que lo llamaran gusano). Eran pobres pero bromeaban constantemente y Pipo le llevaba a Mima el café a la cama y la ayudaba a limpiar y a cocinar. Inexperta en eso de enamorarme, me enamoré de toda la familia sin distinción.

La hermana de Arnaldo se llamaba Eli. Era una rubita regordeta, de risa fácil, que se convirtió muy pronto en mi mejor amiga, aquella a la que contar secretos al oído sobre el quinto miembro de la familia: un sobrino liberado meses después que todos ellos, que dormía en la sala y llamaban Pedrito.

—Y dígole yo, *¿por qué tanta pregunta? ¿Te gusta mi amiga?* Y díceme él, *es muy bonita.* Y dígole yo, *pues no tiene novio,* y díceme él, *pues llévala por la panadería para invitarla a un batido y a conversar.*

Nunca antes le parecí linda a alguien (o si así fue, no me enteré). Nadie conversaba conmigo a pesar de que mis largas trenzas, mis espejuelos culo de botella y los libros pesados con los que cargaba para todas partes seguro gritaban «¡conversación!» tras mi paso.

Así que Pedrito y yo fuimos novios. Por tres días. Al cuarto día, mi madre se enteró y fue a sacarme de allí por los pelos. Los insultó a todos parada en la acera mientras yo me moría de vergüenza en el auto. Los acusó de trata de blancas. Los amenazó con la policía y hasta con hacerlos deportar.

Es cierto que yo tenía trece años y Pedrito veinte, por lo que ese mismo día se acabó el romance y también las tardes felices en casa de Mima y Pipo.

Los lloré tanto. Tanto.

Para desquitarme con mi madre, dejé de hablar. Solo abría la boca cuando ella osaba preguntarme qué me pasaba, y entonces solo para recitarle un poema cuyas primeras líneas todavía recuerdo:

Tus hijos no son tus hijos.
Son hijos e hijas de la vida.
No vienen de ti,
Sino a través de ti…

Ella me había quitado a mis cubanos. Gracias a ella fue como si me hubiese muerto para todos ellos. Pero ya vería. Un día sería mayor de edad y volvería a tener cubanos igualitos a aquellos. Es más, uno de ellos sería tan mío que nadie me lo podría quitar. Tiempo al tiempo. Tiempo al tiempo, pensaba trenzándome el pelo frente al ruidoso abanico de pie cuya cabeza giraba de un lado a otro a 180 grados, como si se negara, y que mi hermana y yo teníamos que parapetar con la gaveta abierta de una cómoda para que no se cayera al piso diciendo a todo que no.

Doce años después, llegué a Miami.

5.

"Ese exceso de libido que siempre hay en lo caribeño..."
Antonio Benítez Rojo, *La isla que se repite*

No sé investigar. Sé leer. Si la solución que necesito está en un libro, genial. Si no, me jodí.

Daniel no está en ningún libro. Así que llamo a mi amiga Francia, que es académica, experta en el Caribe y vive con una hermosa cubana hace muchos años. A Francia le gustan los acertijos. Sabe investigar.

La consigo en su casa de Nueva York, feliz de estar

encerrada y de poder leer y escribir sin pausa gracias al coronavirus. Le explico lo que sucede. No, no nos estamos dejando, ni tiene a otra.

—Que tú sepas —apunta ella.

—Yo sí sé que no tiene a otra. Ni yo tengo a otro. Todavía.

Le cuento de mis primeros cubanos. Le explico que Daniel es igual y diferente a ellos y que no tengo herramientas para entender por qué insiste en poner su trabajo antes que su salud cuando sabe que de hambre, no nos vamos a morir. Le digo que ya no lo conozco. Que algo vital de él se me olvidó.

«Bueno, yo tengo una teoría y es que el problema en parejas de cubanos con puertorriqueños es que los puertorriqueños siempre han erotizado a los cubanos. Toda Latinoamérica lo hace, pero los puertorriqueños más.»

Claro. Pero si es que yo esto lo sé. ¿Por dónde se comienza a deconstruir a un cubano? Por el sexo, estoy segura. No sé cómo lo sé, pero lo sé. Virgilio Piñera lo expresó así:

«Es posible que otros pueblos sean tan sexuales como el nuestro, y acaso nos superen, pero no conozco ninguno en donde la vida sexual se ponga más de manifiesto: lo vemos en ese pueblo que sigue las comparsas y que baila frenéticamente en su estela, procurando al espectador la sensación de un orgasmo colectivo: está presente en el sempiterno piropeador [...]; en los chistes, de los cuales el noventa por ciento es puramente sexual. No hay que olvidar, que por el momento el cubano vive la vida de los sentidos. A ello le lleva el clima, la falta de sentimiento religioso (el cubano católico o brujero, apela a los santos o las divinidades negras para resolver puras cuestiones terrestres); también en cierto sentido práctico de la existencia, a tono con nuestra falta de religiosidad, y que lo sitúa en el plano de lo presente más inmediato. Es archiconocido que el cubano piensa poco o nada en el futuro, tanto en el aspecto puramente económico como en ese otro más complicado de su destino como ser humano».

Claro, Virgilio no quiso hablar de política. Pero Inmaculada Álvarez sí, diciendo en su excelente ensayo *El discurso sexual como valor de identidad nacional cubano:* «La retórica sexual ha sido uno de los elementos que ha configurado el imaginario de la identidad nacional cubana desde el inicio de su formación como estado independiente. El Caribe y Cuba como *loáis* de placer y desinhibición sexual, el mito de lo mulato biológicamente más sensual, el patriarcalismo, la masculinización y la homofobia social han sido y son claves identitarias que se han configurado como valores nacionales de lo caribeño *y,* en particular, de lo cubano».

Francia está hablando todavía.

—Puedes también utilizar la teoría de creación de personajes —dice.

—¿Comenzar por el trabajo al que se dedica el personaje?

—Exacto. La manera más rápida de saber lo que le importa a tu personaje es saber en qué trabaja y por qué. Las actividades que dictan sus días y cómo informan sus valores. Si tu problema es con su trabajo…

Pero yo ya he decidido irme por la vertiente freudiana y no estoy escuchando. Solo pensando en que he estado erotizando a los cubanos desde los 13 años. En que les adjudiqué capacidades placenteras porque mi hogar era un infierno y mezclé los besos de un primer novio-por-casualidad, con la sensación de seguridad, de familia y armonía que sentí en su casa. No en balde me propuse «conseguirme uno de aquellos» como si fueran muñecos.

Y no en balde no conozco a mi marido. Lo amontono junto con mil memorias y estereotipos *Cuban Lover* y pretendo que resuelva mis *daddy issues*. Lo asocio con rebelión, con tristeza, con nostalgia, con las grandes luchas del corazón. Lo asocio con morbo y con sexo también, pero son un sexo y un morbo complicados por las mil mochilas rotas de la niñez.

Se me ocurre volver a leer mis propias novelas, buscar la prueba de todo esto en mis escritos. Y ahí estoy: página tras página queriendo devolverles a mis cubanos lo que perdieron, perdonándolo todo: la fanfarronería, el desarraigo extremo, las prioridades mal informadas, el fanatismo a la «seguridad», la habladuría, queriéndolos, pero también usándolos como símbolos aspiracionales, como emblemas de algo mejor que yo. Patriotas adoptivos ahí para consolarme por amar a Puerto Rico a pesar de todo lo que me hizo.

6.

Daniel está aquí, ahora, preparándose un bocadito de jamón de bellota a seis pies de mí. No me mira, pero yo sí lo miro, extrañándolo como si lo que mirara fuera su foto. Es lo que pasa porque no peleo justo. Peleo a matar.

De pronto, tengo una idea: ¿Qué tal si no peleo por dos semanas? Propongo no decir una palabra más sobre como a la enorme empresa para la cual trabaja no le importa su vida. No decirle lo que creo que tiene que hacer (renunciar, decirles que no son más que asesinos en serie obligando a la gente no esencial a trabajar sin las condiciones para que no se contagien con el coronavirus que podría matarlos).

A cambio, solo quiero leer con él. Antes lo hacíamos a menudo. Leíamos libros juntos, de a poquito, cada noche, yo en voz alta, él escuchando, a veces hasta la madrugada. Nos reíamos, llorábamos. Era como entrar uno en el otro. Justo lo que necesitamos ahora.

Él escucha mientras le unta mayonesa al pan. Mientras

corta una rodaja de tomate y coloca el queso. Finalmente, me dice «puede ser» y le da una gran mordida a su bocadito de jamón de bellota mientras me mira a los ojos para que sepa que ya no está bravo conmigo.

7.

Diez novelas para leerle en voz alta a un cubano:

(Nota: Si tu meta es conocer a un cubano, este ejercicio debe hacerse con novelas. La continuidad hace milagros.)

1. El color del verano, Reinaldo Arenas
2. Paradiso, José Lezama Lima
3. Trilogía sucia de la Habana, Pedro Juan Gutiérrez
4. El hombre, la hembra y el hambre, Daína Chaviano
5. El reino de este mundo, Alejo Carpentier
6. El hombre que amaba a los perros, Leonardo Padura
7. Habana Babilonia, Amir Valle (La versión censurada, en PDF)
8. La nada cotidiana, Zoé Valdés
9. Todos se van, Wendy Guerra
10. En el cielo con diamantes, Senel Paz

8.

La pandemia sigue su curso. Miami la ignora como a un pañal cagado. La gente muere sola en hospitales con demasiada luz, como si la muerte los fuera a interrogar antes de llevárselos. Se ahogan con la boca seca como peces capturados, la garganta aguijoneada por el anzuelo entubado del ventilador que escuchan vibrando sin parar en algún lado. Estados Unidos es ya el país con más casos de coronavirus, y más muertes, en el mundo.

*

Tardo solo unas horas en reunir los textos que quiero leer con Daniel. En releer secciones de cada novela, en seleccionar pedazos por si nos cansamos de una y queremos brincar a la otra.

No digo que sean las mejores novelas cubanas, aunque algunas sí lo son. Pero no las escogí por eso.

Las escogí para que me devuelvan lo que es mío. Para exprimirles la esperanza, robar de sus páginas las nostalgias y bañarme con ellas.

Son las novelas que podrían, quizás, devolverle a Daniel lo que perdió, aunque sea por un ratito.

Las que hablan de veranos enteros en un beso y de noches desnudas en las aguas del río frío.

Son las novelas que me hablaron de Cuba antes de conocerlo. Las que me enseñaron a reconocerlo y las que ahora escucharán mi ruego y le dirán *aquí estoy contigo y ya no eres solo tú ni sola yo*. Las que le dirán *tengo miedo*. Las que le dirán *por favor*.

*

A la cuarta noche de lectura, un subalterno se enferma y las horas de trabajo de Daniel se extienden.

«Tata, como lo siento. Pero no te preocupes, amor, que las novelas no se van a ir caminando de la casa. Las vamos a leer. En cualquier momento las vamos a leer.»

No contesto. En ese momento no puedo.

9.

—Es que creo que, para lo que falta, debes quedarte por allá —le digo días después.

—¿Cómo que por allá?

—Por allá. En tu trabajo. Compra un pim-pam-púm y duerme sobre las nalgas de tu jefe y de paso aprovechas y se la…

—¡Tata! —Por suerte, no me deja terminar.

—Perdón. Lo que quiero decir es que si a ti no te importa morirte, perfecto. Pero hazlo solo. A mí me dejas fuera.

—A ver, ¿pero que tú quieres que yo haga? Es mi trabajo.

—¡Tu trabajo es una mierda que te va a matar! Ten el valor de ir a recursos humanos y decirles lo inmundos que son todos, matando gente con el chantaje de un trabajo. Exige que te dejen trabajar desde la casa, toma vacaciones, lo que sea. Pero ningún trabajo vale la muerte.

Y claro. La pierde por fin. No porque no estoy siendo justa, sino porque me estoy metiendo con su otra mujer. El trabajo es «la otra» que Francia bien sabía tenía que existir.

—Pues sí, coño, por un trabajo. A ti nunca te ha importado dejar un trabajo, pero a mí sí. Yo tengo responsabilidad y gente que depende de mí —me dice levantando la voz con cada palabra.

—¿Responsabilidad o cobardía? —digo en voz muy baja, para volverlo loco.

—Vete al carajo —me dice por segunda vez en quince años.

Extrañamente, me siento liberada. Comienzo a redecorar la casa en mi mente con todo lo que a él no le gusta. Me adueño de su mitad del closet. Redistribuyo el espacio yendo de aquí para allá con los pies negros de tanto arrastrarlos sobre el terrazo. Creo que olvidé cómo volar.

Pienso entonces que las novelas no eran la solución. El refugio tendrá que ser la poesía feminista cubana.

Text Message
Today 10:18 PM
Nancy Morejón, «Amo a mi amo» (fragmento)
¿Qué me dirá?
¿Por qué vivo en la morada ideal para un murciélago?
¿Por qué le sirvo?
¿Adónde va en su espléndido coche
tirado por caballos más felices que yo?

Nada.

Text Message
Today 11:41 PM
Nancy Morejón - Amo a mi amo (otro fragmento)
Maldigo
esta bata de muselina que me ha impuesto;
estos encajes vanos que despiadado me endilgó;
estos quehaceres para mí en el atardecer sin girasoles;
esta lengua abigarradamente hostil que no mastico;
estos senos de piedra que no pueden siquiera amamantarlo;
este vientre rajado por su látigo inmemorial;

Más de la misma nada.

Text Message
Today 11:47 PM
Nancy Morejón – Amo a mi amo (otro fragmento)
Amo a mi amo pero todas las noches,
cuando atravieso la vereda florida hacia el cañaveral
donde a hurtadillas hemos hecho el amor,
me veo cuchillo en mano, desollándole como a una res sin culpa.
Ensordecedores toques de tambor ya no me dejan
oír sus quebrantos, ni sus quejas.
Las campanas me llaman…

Text Message
11:49 PM
A veces no te conozco.
No logro entenderte.

Text Message
Today 11:52 PM
Elena Tamargo – Habana, Tú (Fragmento)
Era esto el abandono y lo sabías.

10.

Cuando volvemos a hablar, pregunta, «¿Es en serio que no quieres que vaya a la casa?»

Contesto y lo escucho darme el teléfono y la dirección de Israel, su mejor amigo. Dormirá allá por lo pronto. Puedo llamarlo si lo necesito.

Llora y lloro sin que ello cambie nada. Nos despedimos. Ayer la cifra de muertos en Estados Unidos pasó de 50 mil.

11.

Una mañana me asomo a la terraza y veo que alguien podó el árbol de aguacate y regó las matas. A través del cristal veo una docena de nuestros limones en el asiento de una de las sillas de patio y sé que fue él.

*

Mis amistades cubanas están preocupadas. Les parece que estoy siendo muy injusta con «ese hombre tan bueno». Pregunto, «Chica, ¿pero esto es normal? ¿Esta obsesión con trabajar?»

Quizás para ayudarnos, todos me dicen que son igual que Daniel y que sus parejas también lo son. Que se irían, o se han ido, a trabajar a pesar del riesgo a sus vidas. Que el trabajo ante todo.

Les digo que he buscado en los libros esta cosa de los cubanos y el trabajo y se ríen. «¿Y es que tienes que buscarlo? Es un país comunista. Te pagan una mierda, pero trabajas para no ser carga a la sociedad. Para llevar tu frente en alto.»

No quiero creerlo. No puede ser tan simple.

Encuentro un artículo de la Agencia Cubana de Noticias. Es asqueroso. La propaganda gubernamental ahorca cualquier subtexto que pudiera tener sentido en otro contexto:

«El trabajo es un valor primordial de nuestra sociedad. Constituye un deber, un derecho y un motivo de honor de todas las personas en condiciones de trabajar. Es, además, la fuente principal de ingresos que sustenta la realización de los proyectos individuales, colectivos y sociales.»

Otro artículo, este en Cubanet, habla sobre un proyecto de ley que se está considerando: «Así, una persona que decida vivir de la remesa que le envía un familiar desde el extranjero o de la administración de un patrimonio heredado, estaría en peligro de ser sancionada si no cuenta con un empleo, y lo mismo sucedería con aquel sujeto espiritual o deprimido que se recoja en la soledad de su casa o el que renuncie al trabajo por conflictos con el jefe y luego no encuentre opciones acordes con su currículum, especialización y habilidades físicas o intelectuales».

Y así la cosa va a los extremos cubanos: del trabajo como obligación moral y asunto de honra, a compromiso que ignoras a riesgo de cárcel.

No encuentro a Daniel en estas cosas. Llamo a mi cuñada a Cuba y le pregunto. Me escucha y me dice que quizás se trata de que ellos vieron como el padre de ambos jamás se recuperó de que el gobierno le quitara la cafetería que era «su trabajo y su vida».

Cuelgo rápido para no ponerla triste. No le digo que un trabajo jamás debería «ser la vida» de alguien. En vez, decido investigar esto como investigo mundos para mis novelas: viendo películas.

12.

25 películas cubanas para comprender lo que ha vivido un cubano exiliado:

1. Las 12 sillas (1962, Tomás Gutiérrez Alea)
2. La muerte de un burócrata (1966, Tomás Gutiérrez Alea)
3. Memorias del subdesarrollo (1968, Tomás Gutiérrez Alea)
4. El hombre de Maisinicú (1973, Manuel Pérez Paredes)
5. Elpidio Valdés (1979, Juan Padrón)

6. Los pájaros tirando a las escopetas (1982, Rolando Díaz)

7. Se permuta (1984, Juan Carlos Tabío)

8. Una novia para David (1985, Orlando Rojas)

9. Vampiros en la Habana (1985, Juan Padrón)

10. Un hombre de éxito (1986, Humberto Solas)

11. Clandestinos (1987, Fernando Pérez)

12. Plaff o Demasiado miedo a la vida (1988, Juan Carlos Tabío)

13. La bella del Alhambra (1989, Enrique Pineda Barnet)

14. Alicia en el Pueblo de Maravillas (1991, Daniel Díaz Torres)

15. Fresa y Chocolate (1993, Tomás Gutiérrez Alea)

16. Guantanamera (1995, Tomás Gutiérrez Alea y Juan Carlos Tabío)

17. Azúcar amarga (1996, León Ichaso)

18. Lista de espera (2000, Juan Carlos Tabío)

19. Miel para Oshún (2001, Humberto Solás)

20. Habana Blues (2005, Benito Zambrano)

21. El cuerno de la abundancia (2008, Juan Carlos Tabío)

22. Juan de los Muertos (2011, Alejandro Brugués)

23. Conducta (2014, Ernesto Daranas)

24. Últimos días en La Habana (2016, Fernando Pérez)

25. Un traductor (2018, Rodrigo y Sebastián Barriuso)

13.

Así me siento después de ver (o volver a ver) cada película. Como un traductor.

Traducción de Daniel = hombre que logró salir de un lugar muy complicado con el corazón todavía blandito y los sueños intactos. Que sabe lo que es no tener cuando otros tienen y no puede confiar en que las penurias de toda su vida no volverán a alcanzarlo.

Traducción alternativa = alguien que lo arriesgó todo, los dejó a todos, sin saber si volvería a abrazar lo que dejaba. Que lo hizo para ir a otro lugar a hacer, a lograr. Que, por eso, cada minuto que no lucha hacía esa ilusión de «progreso», se le hace un minuto perdido, una pequeña muerte, una inmoralidad.

Me traduzco yo también = una mujer hecha miedo. Aterrorizada, más que con la muerte, con la viudez. En pánico ante la posibilidad de perder la vida que conoce.

Se me ocurre que, sin embargo, no tengo miedo a no tener trabajo. De hecho, no tengo trabajo, excepto escribir. ¿Podría vivir sin escribir?

Aparece esa pregunta en mi cabeza y todo cambia. ¿Vivir sin *mi* trabajo? ¿El único que me importa? La verdad se me revela terrible. Una cosa apabullante. No puedo vivir sin escribir. Si no me dejan escribir, me muero.

14.

Sí, claro que lo llamo. Hablamos en varias ocasiones, pero no logramos decir lo que el otro necesita oír. Terminamos discutiendo, insistiendo en que el otro entienda por qué dijimos esto o hicimos aquello. Colgamos drenados, hechos mierda. Un día me dice, «Yo te amo con la vida, pero a veces quisiera borrarte» y me destruye.

*

Los días que siguen me llegan los recibos de las cuentas que Daniel sigue pagando. Mi hija me llama a decirme que no me preocupe, que ya le arregló la computadora y le llevó dinero para el mes que va a estar sin trabajo.

Como ya no lo veo, me veo forzada a buscarlo en mi memoria. A recordarlo. A reconocerlo donde pueda encontrarlo.

Alguien saca los botes de la basura en los días que toca y las perras están limpias, pero yo no las he bañado. Encuentro más cosas en el asiento de la silla de patio en la terraza: flores, ramas, limones, acerolas, el correo ya fuera de sus sobres para que no tenga que tocarlos.

Por eso no lo llamo. Porque ya me acuerdo de que así ama un cubano. Ocupándose. Y solo así puedo quererlo, dejando que se ocupe de lo que ama, mientras él y el coronavirus me lo permitan.

Para aprender a quererlo de esta nueva manera, veo las noticias sin sonido para no saber por dónde va la cifra de muertos del virus. Limpio la casa, lanzo baldes de agua en distintas direcciones. Leo ficción. Escribo poesía. Me engancho con una serie sobre una asesina en serie. Me hace reír muchísimo. Me relaja.

*

Un día me llama y me dice casualmente que habló con Franco (su jefe) y que ha decidido trabajar más desde la casa mientras dure la crisis, no vaya a ser que a mí me dé por reemplazarlo.

—¿Te parece? —pregunta.

—Me parece —respondo.
—Qué bueno, Tata, qué bueno. Está todo bien entonces.

15.

Banda sonora para hacer el amor con un cubano:

Tal vez (Omara Portuondo)... Para vivir (Versión de Haydee Milanés)... Eres tú (Mocedades)... Al lado del camino (Fito Páez)... Ya vienen llegando (Willie Chirino)...Yo aprendí (Danay Suárez)... Guaguancó para Daniela (Habana Oculta)... River (Ibeyi)... Arenas de soledad (X Alfonso)... Are you? (Alex Cuba)... Marilú (Los Van Van)... Morena mía (Miguel Bosé)... Asere, qué bola (Boris Larramendi con Habana Abierta)... We Are the Champions (Freddie Mercury con Queen)... Si vuelves tú (La Lupe)... Cubañolito (Frank Delgado)... Burbujas de amor (Versión de Niña Pastori)... Pilón (Interactivo)... La Habana a todo color (Carlos Varela)... Candela (Versión de Yerba Buena)... Qué sabes tú (Olga Guillot)... Andar conmigo (Julieta Venegas)... Cuando digo te quiero (Kelvis Ochoa)... Amor Bravío (Vicente Fernández)... Te doy una canción (Silvio Rodríguez)... Bolero, bolero (Celia Cruz)... A lo cubano, (Orishas).

Luis Alejandro Ordóñez, (1973) es venezolano y vive en Estados Unidos desde 2008, donde se ha desempeñado como editor, redactor de medios, corrector de estilo, traductor, profesor de español y librero. En 2018 publicó la novela *El último New York Times* (SED ediciones) y en 2015 el libro de relatos *Play* (Editorial Ars Communis). Ha participado en las antologías *Escritorxs Salvajes* (Hypermedia), *Diáspora* (Vaso Roto), *Trasfondos y Pertenencia* (Ars Communis). En 2014 ganó el II Premio literario en español de la Universidad Northeastern de Illinois. Ha colaborado en diferentes medios, como Suburbano, South Side Weekly, Univision, Contratiempo, El Beisman, MiamiDiario, El Nacional, Producto magazine, entre otros. *Web site:* www.laoficinadeluis.com

Scam Likely

—Librería Altamira, buenas tardes.

—¿Ahí es que van a presentar al escritor Orlando Luis Pardo?

—Un momento, déjeme revisar el calendario… Sí, en efecto, el viernes 12 de enero a las 8 de la noche.

—¿Y no les da vergüenza?

Fuera de base, así quedé. No solía manejar mayor información sobre los eventos de la librería más allá de la fecha en que se llevarían a cabo, a veces ni eso, y nunca había oído hablar de Pardo hasta que la persona al otro lado de la línea recitó lo que consideraba una especie de currículo del mal.

—Ese señor quemó la bandera cubana y se burló de la caída de las torres gemelas.

—Imagínese, ahora quiero leerlo.

Las llamadas continuaron a ritmo de telemercadeo en diciembre. Cuando llegaba el momento de anunciar un posible boicot a la librería si no se suspendía la presentación, con la voz más aburrida de la que era capaz los mandaba a que en efecto compraran en otra librería. No serían los primeros que luego de preguntar por títulos y autores se marchaban a la selva suramericana. Sin embargo, mi preocupación, la de toda la librería, aumentaba con cada llamada. ¿Con quién estábamos lidiando? Incluso fuimos a la policía de Coral Gables a preguntar si esa noche debíamos contar con protección especial. Pero no existía una verdadera amenaza, nunca dijeron que impedirían el evento, solo que pensaban boicotear a la librería, y las llamadas, más que intimidantes, eran una especie de vejamen a los libreros para que confrontados con nuestra desinformación y liviandad ideológica, decidiéramos por iniciativa propia suspender la actividad.

De todos modos, el viernes 12, mientras preparaba las sillas para la presentación, no dejaba de mirar por encima del hombro hacia la puerta del establecimiento, atento a la inminente llegada de una horda bien organizada que diera por concluido el evento antes de su inicio. Primero se apareció Pardo, poco más tarde su editor, y entre quince y treinta minutos después de la hora pautada, unos veinte asistentes. Pardo leyó un texto fantástico sobre la experiencia de ser exiliado cubano, estudiante de posgrado en una universidad del medio oeste estadounidense y estar en una clase donde la profesora de la cátedra se dedicó a honrar la memoria del recién fallecido Fidel Castro. Terminó la lectura, hubo preguntas, ventas, firmas y a recoger de nuevo las sillas para cerrar la librería.

No supimos quiénes eran o si pertenecían a un grupo organizado; mucho menos cuál era el verdadero objetivo de la campaña. Tampoco hubo cartas, estatus, comentarios o volantes; solo las llamadas que cesaron para siempre el día antes del evento. Resultaron poco más que uno de esos números que las operadoras telefónicas califican de *scam likely* para que si contestas y escuchas sea solo tu responsabilidad. Cuando construí el símil me di cuenta de que esto lo había vivido antes, era la misma conversación de siempre sobre elegidos y mares de felicidad; una conversación de la que ya tengo recuerdos en el bachillerato; una conversación que intenta explicar un pueblo, una nación, un destino; como si para entenderlos bastara una tabla de debes y haberes; una conversación que opera algebraicamente horrores y sufrimientos; una conversación que cambia de país con desparpajo; una conversación en la que participamos sabiendo de antemano que no habrá conversiones ni punto final; porque es una conversación hecha para que no termine; está hecha para exasperar y regodearse; no es un diálogo, ni siquiera es debate; solo necesita que entremos en ella, que contestemos el teléfono.

Juan Carlos Pérez-Duthie es instructor de lenguas, escritor, traductor y periodista. Trabajó en los diarios The Miami Herald y El Nuevo Herald tras graduarse en Comunicaciones y Francés de Fordham University en la ciudad de Nueva York. Trabajó además como reportero en *El Nuevo Día* de Puerto Rico, y como corresponsal para ese periódico desde Miami. Durante más de 10 años colaboró con el semanario El Sentinel del diario Sun-Sentinel del condado Broward, Florida. De 2004 a 2005, vivió en la Argentina, donde completó una maestría en periodismo de la Universidad Torcuato di Tella y el diario La Nación. En 2009, inició una maestría en escritura creativa en la University of California - Riverside/Palm Desert Graduate Center, graduándose en 2011. Como periodista y ensayista, sus trabajos han aparecido en numerosos medios de comunicación, incluyendo el portal de cobertura de las artes Artburst, The Los Angeles Times, El Tiempo (Bogotá, Colombia), la Knight Foundation, The Philadelphia Inquirer, Muy Interesante (España), Babelia (*El*

País, España) y la antología *Miami (Un)plugged* (2016). Su ficción ha sido incluida en la antología de misterio *You Don't Have a Clue* (2011, Arte Público Press), la antología de viaje y fotografía *There's This Place I Know* (Serving House Books, 2015), y revistas literarias como *Bartleby Snopes* (2016), entre otras publicaciones. Ha vivido en San Juan de Puerto Rico, Nueva York, Buenos Aires, Miami y, desde 2016, Tampa.

El especial del día

En la Cuba comunista, todo período ha sido especial. Especialmente difícil.

Con el COVID-19, o el novel coronavirus que doblegó al planeta en 2020, Cuba entró en *otra* etapa más de austeridad, escasez y sacrificio. Un nuevo «período especial», el cual, descontando las mascarillas de salubridad, evoca al que sumió a los cubanos en la desesperación durante la década de los 1990.

Fue casi al inicio de ese mal llamado Período Especial en Tiempos de Paz (1991-2000), cuando realicé tres viajes en calidad de reportero.

Mi primera visita a Cuba, en 1993, se dio a través de México, cruzando el charco hasta llegar al Aeropuerto Internacional José Martí. Originalmente llamado Rancho Boyeros, el aeropuerto en esa época era en verdad eso: un rancho.

Camino al hotel, en el centro de La Habana, asomaban en sus muros arcaicas consignas revolucionarias como «Patria o muerte – ¡Venceremos!» y «¡Hasta la victoria siempre!», remozadas una vez más para convertirlas en mantras de exhortación a resistir ahora que se había derrumbado la Unión Soviética, hasta entonces el principal soporte económico del país.

Estando ya en mi habitación del hotel en el sector El Vedado de la capital cubana, me percaté de que no había agua.

«¿Qué puedo hacer?» le dije al maletero.

Se encogió de hombros. Extendió una mano y me pidió la propina en dólares.

Pocos meses antes, era un crimen punible con prisión de hasta 10 años para un ciudadano cubano cargar con dinero de Estados Unidos. Pero ya despenalizados, los «baros» se habían convertido en la moneda nacional.

A un guía turístico que contraté esa semana le pregunté: «¿Y para qué sirve el peso cubano?»

«Se lo puede llevar de recuerdo», respondió.

«¿Es esto parte de la Opción Cero?» proseguí perplejo, refiriéndome a un término ubicuo en esa época allí.

«Más bien, la Menos Dos», finalizó con una sonrisa.

Opción Cero

Fue el mismo comandante en jefe de Cuba, Fidel Castro, quien, vislumbrando que esta revolución devenida en cachivache se iba a quedar sin gasolina ante la falta de suministros de petróleo de la URSS, ordenó al ejército cubano a emplear técnicas energéticas verdes y de supervivencia extrema, en lo que se llamó Opción Cero.

Apagones, en otras palabras.

Y tantos eran, que las personas hablaban en vez de «alumbrones», aquellos momentos en los que había electricidad.

Puesto que comprar velas era una proeza, los cubanos recurrían a su ingenio para hacer «luz brillante», un tubo de pasta de dientes al cual le introducían combustible y una mecha, lo colocaban en un frasco de vidrio y lo dejaban quemar. Aquí, el nudo gordiano, y no revolucionario, era cómo iluminar la casa y no morir en el intento. Sencillamente, había que resolver.

Resolver, como siempre han dicho los cubanos, de noche y de día.

De noche, a las afueras del teatro en el que pude ver la galardonada película cubana *Fresa y Chocolate*, con el entonces ministro de cultura, Armando Hart saliendo de la sala sostenido por dos mujeres, volvió a quedar la ciudad en tinieblas. A la luz de las estrellas desfilaba el oficialismo castrista.

De día, en el antiguo hotel Habana Hilton, luego Hotel Habana Libre (y hoy Hotel Tryp Habana Libre), descubrí en vitrina la suntuosa decadencia del capitalismo revolucionario: en venta, productos de belleza de la *prima ballerina assoluta* y pilar cultural de la revolución, Alicia Alonso.

De hecho, ese año se celebraba el 150° aniversario del ballet que precisamente consagró a Alonso en las esferas internacionales del baile clásico, *Giselle*. Pero, con el estómago casi vacío, me resultaba difícil envolverme en el romanticismo de la pieza, o en la belleza arquitectónica del predio en la que se exhibía, el Gran Teatro de La Habana.

Porque, en esa época de apriete, que le crujieran a uno las tripas era el pan nuestro de cada día.

Los juegos del hambre

Después de dejar de lado el revoltillo de huevos de color y textura alienígenos como desayuno en mi hotel, o de engullir sin remedio la cena —lasca de jamón con tres papitas de lata y una cucharada de arroz duro— me fui a comer al Hotel Nacional, aún imponente y majestuoso en su decrepitud.

Una mañana, la oferta fue un pequeño pan de yuca con agua amarilla que decían ser jugo. Si esto era lo que existía para el turista en un hotel de renombre, me horrorizaba pensar de lo que disponía el ciudadano de a pie.

Sacudido, y aunque con todo ya pago, abandoné mi hospedaje y su tristeza para quedarme en casa de parientes de una amiga cercana y colega en Miami. Esto debía ser mantenido en sigilo, pues los turistas no podían pernoctar en casas particulares en esa época. Debían estar registrados en hoteles bajo la tutela de este Gran Hermano del Caribe.

Les traje de Miami a ella y a su familia lo que tanto damos por sentado aquí, en tierras de libertad: jabones, pasta dental, detergente, cuchillas de afeitar, desodorante. Ellos me recibieron como uno más de la familia, e hicieron lo indecible para atenderme, siempre con la mejor disposición.

Ejemplo: para celebrar mi llegada, la noble anfitriona preparó un «arroz con suerte». Suerte, decía, si hallaba en el arroz pedacitos de pollo. Había *algo* de pollo, pues tras pedalear dos kilómetros en bicicleta, ella había conseguido un ave magra con la cual sazonar el arroz.

Bien pudo haber sido también «Arrozsitetoca», agregó. «A ver si te toca algo».

En estos juegos del hambre, solo el humor cubano aguantaba.

Divagando por un moribundo bulevar San Rafael, encontré una cafetería, La Calesa.

La oferta: infusiones.

«¿Infusión de qué?» pregunté al ver las tacitas con líquidos misteriosos.

«De agua caliente, azúcar y averigüe», vino la respuesta.

No faltaba la cerveza, Hatuey, a la que un amigo llamaba, con disculpas al heroico cacique taíno de la antigua historia de la isla, "sudor de tigre".

Si alguien encontraba un huevo para comer en algún mercado, era motivo de fiesta.

«¿En qué se parece un huevo a El Zorro?» me dijo una niñita.

«No sé, ¿en qué?» le contesté.

«En que el huevo es enmascarado, viene, salva a la gente y se va».

Para unos sí, para otros no

Con motivo de agradecer a mis anfitriones, una noche los llevé a cenar al Hotel Kohly, en un prestigioso reparto de la ciudad favorecido por la cúpula del poder cubano y diplomáticos extranjeros.

Llegamos hasta la puerta y no los dejaron entrar. A mí sí se me permitía, sin embargo, por ser «de afuera». No me dieron mayor explicación, si bien la había.

En una maniobra de última hora del gobierno comunista de la isla para sobrevivir, éste abrazó el turismo y capitales extranjeros nuevamente. Los líderes de la falsa utopía que había erigido Fidel Castro a partir de 1959, que pregonaba la izquierda del mundo y que todavía gozaba (inexplicablemente para mí) de un aparente apoyo cuantioso dentro de la misma población del país, encontraban salvavidas en el capitalismo que tanto habían combatido antes.

Si para mantenerse a flote la dictadura les había abierto las puertas a los extranjeros, se las había cerrado al pueblo en una nefasta y vergonzosa política de *apartheid* criollo: los clubes, hoteles, marinas, restaurantes, etc., estaban vedados para el cubano promedio en su propio país.

En aquella ocasión del hotel, quise formar escándalo, pero afortunadamente la cordura y experiencia de mis amigos hicieron que nos fuéramos. Aprendí a cerrar la boca en Cuba también.

Con mi segundo viaje a La Habana, en 1994, noté algunas mejorías… para el turista, y para el cubano con la suerte de poder formar parte de la industria hospitalaria. Pero el resto seguía igual: una ciudad apocalíptica, de sueños coartados y dictámenes anquilosados, igual de chocante que cuando la visité por primera vez.

Para anestesiarme un poco ante el clima dantesco que lo empapaba todo, acepté la invitación de un amigo residente de la capital de ir a bailar al hotel de moda, el entonces recién estrenado Meliá Cohiba de La Habana.

A mi amigo, quien se esmeraba con entretenerme dentro de sus posibilidades, le habían *permitido* acceder brevemente a la discoteca del hotel solo porque tenía a un «socio» adentro.

Y así, al son de un *remix* del éxito del momento, *Se fue*, de la cantante italiana Laura Pausini, bailamos, nerviosos ante lo que pudiera pasar si alguien nos descubría. Por eso al poco tiempo nos fuimos, con los ánimos ahora silenciados.

De día, este hotel de 22 pisos —mole de concreto, vidrio y metal en Ave. Paseo entre 1ª y 3ª, sector del Vedado— desencajaba con el paisaje urbano que le rodeaba en el área del famoso Malecón habanero, una esplanada de 8 km salpicada por las aguas del océano Atlántico, transitada por reliquias automovilísticas y recorrida por quienes buscan un respiro o algo más.

Ese paisaje era uno conformado por vetustos edificios de poca altura, cuyos estilos arquitectónicos recordaban glorias pasadas, si bien el salitre, la negligencia y el desamparo los hacían añicos poco a poco. Donde la basura, las alimañas, las aguas negras y la desidia se amontonaban en las esquinas, mientras los cráteres de las calles y la desesperanza podían tragarse a uno. Pero paradójicamente, como todo en Cuba, de entre tanta podredumbre, afloraban belleza y encanto.

Ya fuera caminando o en taxi, me decía a mí mismo que el día que finalmente Cuba se abriera a la libertad, las aplanadoras harían escombros de las fotogénicas ruinas en pie para dar paso a más torres de vidrio sin alma, restaurantes de comida chatarra y boutiques de lujo para el *jetset*. Triste contemplar la destrucción del patrimonio histórico, pensaba, pero ¿cómo culpar a quien no le interese eso cuando le duelen las tripas?

Equivocado estaba. Ese proceso de demolición, sin democracia, daba señales de vida ya.

Una comedia del teatro bufo de Miami llamada *En los 90 Fidel revienta* predicaba en esos años lo que muchos daban por sentado ante panorama tan rancio: que, con el derrumbe de la Unión Soviética y el final de los subsidios a Cuba, este experimento de despotismo tropical finalmente colapsaría.

La obra se equivocó, como tantos de nosotros.

Los tontos útiles

Crecí en Puerto Rico, isla hermana de Cuba, según nos recuerda en su obra la poetisa puertorriqueña Lola Rodríguez de Tió. Compartí con amigos hijos de exiliados cubanos, o los tuve por vecinos, maestros, etc. A la vez, escuchaba los vítores a la revolución cubana por parte de un pequeño pero vociferante grupo de académicos, activistas, escritores y periodistas boricuas, la *intelligentsia* del país, que por convicción o por ignorancia les hacían el juego a los hermanos Castro, alabando siempre, 1) la salud, 2) la educación y 3) una supuesta igualdad social.

Años después, me forjé profesionalmente como periodista en Miami, la capital del exilio cubano.

Entonces, ¿cómo no ir a Cuba para comprobar cuál era la realidad?

Por desgracia, el saldo de mis visitas sigue tan vigente hoy como en ese entonces.

1. Salud.

Entro a una farmacia en Centro Habana en busca de antibiótico. Pido.

«No hay», me dice la dependiente.

«¿Cuándo viene?»

«Pues, no sé. Las medicinas se ordenaron hace meses a la empresa nacional, pero no han llegado».

2. Educación + castrismo = adoctrinamiento.

Carteles y murales por doquier le recuerdan a uno 24/7 el culto a la personalidad de Fidel Castro, el Che Guevara, y los «logros» de su revolución. Un estribillo en un mural en particular se me queda grabado: «Somos felices aquí». Pero yo lo edito: «¿Somos felices aquí?»

3. Igualdad: la democratización de la pobreza, salvo para los del gobierno. Racionamiento y pauperización – ¡presentes! Y que viva Cuba, compañero.

Una década después de estas travesías, me mudé a una Sudamérica en la que conocí a acérrimos defensores del régimen cubano que nunca habían pisado el suelo de las más grande de las Antillas. En su afán por despotricar contra «el imperio» (EE. UU.), perdonaban todo a los Castro. Inaudito.

Tiempo agridulce

Un momento inolvidable, pero en el buen sentido, se me dio gracias a un caballero médico padre de mi amiga de Miami, que me «coló» para entrevistar a su paciente, la primera dama de las letras cubanas, la poetisa Dulce María Loynaz, bajo una suerte de prisión domiciliaria en su ruinosa mansión dickensiana. Bajo los ojos de águila de su «cuidadora», escribí la voz de Loynaz en las palmas de mis manos, y luego la transcribí para una entrevista.

Sus palabras antes de despedirme, mientras acariciaba un cepillo de dientes nuevo que le había llevado: «Que suerte tan triste la de este país. Le agradezco, estimado amigo, que haya venido a rescatarme del aburrimiento».

Al año siguiente, 1995, y ya en mi último viaje, preparé para una revista de salud con ediciones bilingües en Estados Unidos un reportaje sobre las medidas draconianas que el gobierno de Cuba había instituido para contener la entonces creciente epidemia mundial del sida.

Los «sidatorios» cubanos alcanzaron cierto éxito, pero siempre dudé de las cifras oficiales ante la prostitución rampante. Ansioso de exponer la realidad que había visto con mis propios ojos y escuchado en entrevistas, entregué mi nota al editor que me había dado el aval y… la mató. Me pagó, pero guardó silencio. Mucho después me enteraría que era admirador de la revolución cubana, a pesar de vivir y trabajar en el corazón capitalista del mundo, la ciudad de Nueva York.

Durante esa visita final, experimenté algunos atisbos de empresa privada, como «paladares», o restaurantes caseros, que operaban nerviosamente bajo los caprichos delirantes de las autoridades.

Se había hecho un poquito más fácil encontrar comida. Y hasta había el especial del día. Con el estómago lleno, admirando el Malecón en un atardecer habanero, casi podía imaginar que todo iba a estar bien.

Imaginar es la palabra clave aquí. Al igual que en la disco del Meliá Cohiba.

¿Cómo se puede hacer apología de un desastre?

El desastre de chicos y chicas prostituyéndose ante extranjeros porque no había de otra: jineteros y jineteras en el Malecón, o en el célebre bar y restaurante de la Calle Empedrado, La Bodeguita del Medio, devenido en madriguera para cazar turistas.

El desastre de apartamentos dilapidados donde los cerdos corrían por pasillos oscuros y malolientes, y los pollos habitaban en las salas destartaladas para que la gente tuviera reservas de alimentos. Donde frente a un antiguamente esplendoroso edificio de residencias, el López Serrano, el aire apestaba a los remanentes de un perro asado a la barbacoa.

El desastre de haber acribillado la ilusión de generaciones.

En esa Cuba de los 90, las distopias de la literatura no eran ficción.

De vuelta en el aeropuerto de Rancho Boyeros, con la maleta vacía tras regalarlo casi todo (lo menos que podía hacer) y el corazón cargado de angustia, se me salieron las lágrimas en la línea de inmigración. Un agente joven con cara de palo me miró algo asombrado. Preguntó que qué me pasaba.

Sin apetito para entrar en detalle, le expliqué que lloraba por su tierra.

Guardó silencio.

«Y yo también», me dijo.

Xalbador García (Cuernavaca, México, 1982): escritor e investigador literario. Doctor en Literatura Hispánica por El Colegio de San Luis. Es autor de *Miami Blue y otras historias* (Katakana Ediciones, 2019) *Leopoldo María Panero o las máscaras del Tarot* (Suburbano Ediciones, 2017), *Paredón Nocturno* (UAEM, 2004) y *La isla de Ulises* (Porrúa, 2014), y parte de las antologías *Escritorxs salvajes: 37 Hispanic Writers in the United States* (Editorial Hypermedia, 2019), *Antología de la Literatura Americana. Letras para un continente móvil* (Distintas Latitudes/Se hacen libros, 2017), *Miami (Un)plugged: crónicas y ensayos personales de una #CiudadMultiGutural* (Suburbano Ediciones, 2016), y *El complot anticanónico. Ensayos sobre Rafael Berna*l (Tierra Adentro, 2015). Ha publicado las ediciones críticas de *El campeón,* de Antonio M. Abad (Instituto Cervantes, 2013) y *La bohemia de la muerte,* de Julio Sesto (COLSAN, 2015). Textos suyos han aparecido en revistas de Cuba, Ecuador, España, Filipinas, Estados Unidos y México. Realizó estancias de investigación en la Universidad de Texas, en Austin, y en el Instituto Cervantes de Manila. Se ha desempeñado como profesor invitado en la Universidad del Ateneo, en Filipinas, y en la Universidad de Miami, en Estados Unidos, donde realizó un Postdoctorado en Literatura, Historia y Humanidades Digitales.

Las voces de Cuba

Los pueblos subyugados pierden su historia y, con ella, también su voz. Sin pasado ni palabras, nutren sus narrativas desde las miradas de los otros: los conquistadores, los amos, los poderosos que perpetúan su dominación por décadas, si no es que por siglos. Pueden sucederse motines, levantamientos armados, revoluciones, sin que la estructura básica de la opresión mengüe más que en apariencia.

Como latinoamericanos conocemos en carne propia las heridas del avasallamiento. Nos refugiamos en la herencia mestiza que, en la mayoría de las ocasiones, sigue reproduciendo los mecanismos de opresión. En el criollismo se justifican las desigualdades. El color de la piel y el género marcan la pauta para que mujeres, indios, negros, continuemos por la senda de los desdeñados. Sin pasado, ni palabra, se homogénea el discurso y dejamos de ser quienes somos para convertirnos en quienes dicen que somos. Nuestra historia se fragua en el olvido. Ignoramos hechos, costumbres, lenguas. Ignoramos sabores, lugares, deseos. Ignoramos sueños, poesía, silencios. Todo lo vemos ya bajo el tono de una sola voz que no es la nuestra.

Hurtarle su historia —múltiple, colorida, amarga— a todo un pueblo y arrebatarle su palabra conlleva el establecimiento de un ciclo de desgracias. Los orígenes de los pueblos se confunden con la vergüenza, los discursos al margen se silencian hasta asfixiarlos. Es una de las herramientas más eficaces que hasta la fecha llevan a cabo las voces dominantes a nivel global. Palabras como «democracia», «civilización», «desarrollo», «libre mercado», «derechos humanos», «alta cultura», «vanguardias artísticas», sólo son posibles en geografías precisas, en aquellos países que gozan del monopolio de la opresión. A todo rasgo cultural que desde la periferia se posiciona en el centro se le denomina «exótico» o «internacional»; etiquetas que funcionan como licencias de domesticación.

Ligada en muchos casos con las élites locales, la maquinaría es tan férrea que dota a sus palabras de silencios o, en caso más extremos, de otros significados. Por ello las mineras canadienses que operan en el centro y norte de México son «legales» y respetan los «derechos laborales» de sus trabajadores, sin importar la estela de ecocidios que dejan a su paso. Mineras de primer mundo que utilizan a los cárteles de la droga como sicarios para asesinar a toda población que, por sobrevivir, intente vulnerar sus ganancias. Por ello en Bolivia las nuevas autoridades hablan de «industrializar», junto a empresas internacionales, el litio que será un factor clave para el cambio de matriz energética de los próximos años, sin importar el daño ecológico a nivel global que provocará la destrucción del salar de Uyuni. Por ello las imágenes dantescas que García Márquez describió en *Cien años de soledad* para denunciar la masacre de agricultores ordenada por la United Fruit Company en 1928. En su momento fue un hecho «civilizatorio».

Al arrebato de la historia y de la voz se le adhiere el cambio del sentido de la palabra. Bajo este yugo múltiple los pueblos inevitablemente se extravían. Se agotan concepciones como «identidad», «fraternidad», «comunidad». En su lugar va naciendo una perspectiva de nacionalismo rancio y anacrónico que, si quienes ostentan esta mirada logran el poder, repetirán los mismos errores de los saqueadores en sus países, cuando no los llevarán hasta el extremo más grotesco.

Desde ese abismo de vacío los pueblos subyugados miran y son mirados como discursos pétreos. La escritora nigeriana Chimamanda Ngozi Adichie lo llama «el peligro de una sola historia». Un mecanismo sumamente peligroso porque termina por desaparecer cualquier rasgo que no corresponda a la historia oficial, tejida desde el autoritarismo. Los bárbaros serán siempre los bárbaros. Los miserables serán siempre los miserables.

Ningún otro pueblo en nuestra región ha sido tan despojado de su historia y su voz como Cuba desde aquel mítico 1º de enero de 1959. En el imaginario popular latinoamericano basta con visitar la isla por una semana para convertirse en un experto del «tema». Los estereotipos se repiten, las anécdotas se multiplican, las visiones son cientos y la misma a la vez. A docenas de autores la experiencia de pasear apenas unos días por La Habana les brinda la autoridad de escribir libros, tratados, pronunciamientos sobre el país caribeño.

Resulta humillante de tan fútil, escuchar o leer esas historias que se cuentan acerca de la isla. Son reduccionistas y están matizadas de prejuicios. Mientras se destaca la sorprendente arquitectura del puerto, la belleza natural de las playas, el carácter jocoso de sus habitantes, la brillantez de su música y de su arte, se denuncian las carencias alimentarias, los abusos en los precios a los visitantes y la oferta erótica. El comercio, el sexo y los excesos se confunden con la identidad, el sentido comunitario y la cultura cubana. La realidad deja su lugar a las postales del lugar común.

En el plano ideológico se repiten las posiciones desde la superficialidad. Para los extranjeros inclinados hacia la derecha, el régimen comunista de Cuba es una aberración. Ha sembrado la desdicha en la isla. No hay rasgo alguno que pueda iluminar las acciones negativas que Castro y sus continuadores han realizado por las últimas siete décadas. La revolución no es más que el germen de la desgracia de todo el pueblo cubano. Para sustentarlo se refieren a la miseria por las calles, a las construcciones a punto del derrumbe y al exilio de los pobladores que no deja de fluir cada año. El fracaso del modelo económico y social del país es apenas la prueba más concluyente de los demonios comunistas que no dejan de apagarse en la región.

Desde la otra frontera, los aliados de las corrientes de izquierda perciben a Cuba como el gran bastión de la dignidad latinoamericana. La iconografía de la isla, con personajes, colores y banderas, se ha convertido en el estandarte de la rebeldía, la lucha y la libertad. En el proyecto cubano encuentran la fuente necesaria para nutrir sus idearios de que otro mundo es posible. Los adelantos en medicina y en el cuidado de la salud de la población en general, los galardones deportivos y la excelencia educativa son la mejor evidencia de la funcionalidad del socialismo. No perciben mácula alguna en el gobierno revolucionario.

El problema de todas estas voces no es que sean falsas, sino que son incompletas. Al ser incompletas cuentan otra historia, no la de la propia isla, con sus matices, con sus lienzos múltiples, con sus hechos censurados para turistas, ideólogos o imbéciles disfrazados de aventureros. Los colores del caleidoscopio son múltiples y siempre cambiantes. Aquí basta hacer una debida aclaración. Este ensayo sufre de la misma miopía: se trata tan sólo de una perspectiva igual de parcial que las demás, pero que llama a la reflexión para abrir la mirada, para estar atentos a las otras voces. Desde estas limitantes escribo, bajo el refugio de la humildad y la honestidad, lo que yo he conocido de Cuba y los cubanos.

He visto a una generación de jóvenes forjando una nueva historia para ellos y los suyos tanto dentro como fuera de la isla. Jóvenes con un valor hiperbólico y hasta desquiciado que en esa misma fuerza aseguran su triunfo ante el tiempo. He visto a dramaturgos montar obras de teatro y teatros enteros y proyectos de teatro con impacto internacional sin carecer siquiera de los mínimos requerimientos cuando empezaron sus planes.

He visto a familias que se separan, pero que ni los años ni la usencia les resta un ápice de ese amor que las mantiene en sintonía. He visto a personas, mujeres y hombres, que no se frenan por ideas políticas y se enfocan en vivir, en luchar cada día, en cumplir sus sueños. He visto a escritoras y escritores, editoras y editores, que dentro y fuera de la isla resguardan la palabra literaria, haciendo que ese bastión de las letras latinoamericanas que es Cuba siga en constante florecimiento. He visto la diversidad de ideologías que se mantienen entre los cubanos y la ebullición de esas ideas al expresarlas. He visto a un pueblo de pie, sonriente y digno, a pesar de cualquier momento de oscuridad.

La expansión del internet en la isla durante los últimos años ha marcado un cambio trascendental de la comunicación de los cubanos con sus congéneres alrededor del mundo. Es imposible frenar entre la sociedad cubana las transformaciones que han propiciado las nuevas tecnologías.

Las protestas por el asesinato del joven Hansel Ernesto Hernández Galiano a manos de la policía son apenas una muestra de los cambios que se avecinan. Varios de los manifestantes fueron aprehendidos por agentes del Estado, pero por primera vez esas detenciones fueron expuestas en tiempo real en las redes.

Ante esa ola de transformaciones en Cuba, lo mejor que podríamos hacer nosotros, los extranjeros, es guardar silencio. Que cubanas y cubanos nos cuenten su historia, sus historias. Que recuperen su voz por tanto tiempo extraviada. Que tejan con sus acciones la realidad que ellos añoran. Que hagan saber al mundo los múltiples tonos que hay en sus discursos. Que desaparezcan los supuestos. Y nosotros, en silencio, escucharles, tratar de entenderles, abogando por esa complicidad que a los pueblos subyugados nos hermana.

María Mínguez Arias (Madrid, 1970) es la autora de la novela *Patricia sigue aquí* (Editorial Egales, 2018), premiada con un Int'l Latino Book Award ese mismo año. Sus relatos han sido publicados en las antologías *Locas y perversas* (Editorial Egales, 2020) y *El cuento, por favor* (Ediciones Fuentetaja, 2007). Sus ensayos y reseñas han aparecido en las revistas literarias y de las artes: Hostosiana, El BeiSMan y riverSedge. María parte de su identidad como inmigrante, mujer queer, madre y escritora en español en EE. UU. para explorar temas como la memoria digital, familiar e histórica, o la cotidianeidad y la fortaleza de la vida cursada desde los márgenes. María es Directora de Operaciones de la Editorial Aunt Lute, y vive en la Bahía de San Francisco (California) con su compañera e hijes.

Cubalibre en la casa de campo

Lo que más echa de menos Teresa de esa primera multitudinaria fiesta del Partido Comunista de España tras su legalización, además de las melenas lacias de raya al medio y los ceñidísimos pantalones de campana de las compañeras de partido, es la ridícula convicción de que España no sólo volvería a ser republicana, sino que acabaría siendo comunista; como si un levantamiento militar, una guerra civil y una dictadura fascista de 36 años con sus respectivas y profundísimas raíces y cicatrices pudieran cerrase de un carpetazo. Se acaba el cubalibre con un último trago urgente, su gusto por la ginebra con Coca-Cola ya no es el mismo; saca del bolsillo el paquete de Ducados, le da unos pequeños toques con los dedos hasta que asoman dos o tres cigarrillos y extiende el brazo al círculo de amigos. Todos aceptan menos Candela, ella es la única que no fuma. Enciende el mechero y vuelve a alargar el brazo, casi todas las cabezas convergen en torno a la diminuta llama y Teresa recuerda con un leve pinzamiento de nostalgia cómo no hace tanto —cuando los derechos de reunión y asociación parecían sólo un sueño—, conspiraban en círculo con los rostros difuminados por el humo del tabaco encadenando una canción detrás de otra porque por aquel entonces todos, absolutamente todos, eran poetas.

—¿Y las chicas? —pregunta. Conoce la respuesta, pero quiere oírla de boca de los maridos.

—Ana se ha quedado con los niños —dice Álvaro—. Pablete tiene fiebre.

—Blanca se ha llevado a los niños a casa de sus padres —dice Pedro—, tenía que ayudarles con los papeles del piso. Lo quieren vender y volverse al pueblo, por lo visto están cansados de Madrid. ¿Te imaginas?, ¿cansarse de Madrid?

—¿Y Eugenia? —pregunta Teresa y mira de reojo a Candela.

—Uge dice que no tiene nada que celebrar —contesta Nando un tanto resignado y le da una calada al cigarro.

—A ver —interrumpen desde detrás de la barra del chiringuito—, ¿otro cubata?

—¡Si seguimos así nos va a pasar como en la fiesta del año pasado! —ríe Pedro.

—¿Qué pasó? —pregunta el camarero.

—Que llegamos al mitin del secretario general borrachos

perdidos. Dicen que Julio estuvo finísimo, pero a mí me tocó leerlo en el periódico al día siguiente, no sé ni cómo coño llegué a casa.

Teresa se gira para echar el humo del cigarro y no verle la cara a Álvaro. Qué manía con referirse a Anguita por su nombre de pila, piensa. Como si quitarles el apellido los acercara a las masas: Fidel, Che, Santiago, Dolores, Julio... El partido comunista está lleno de pedestales sin apellido.

—Nos vamos de comités —dice Pedro—. ¿Y vosotras? ¿Al rincón cubano?

—¿Dónde si no? —Teresa tira la colilla al suelo y la pisa.

—¿Quedamos para ese cubata aquí justo antes del mitin? —propone Candela.

—¡Y el concierto! ¡No te olvides de Sabina! —exclama Teresa.

El tío Antonio era un chaval cuando escapó a pie por los Pirineos al final de la guerra y acabó internado en un campo de concentración francés junto a miles de soldados y civiles republicanos. La madre de Teresa cuenta que su hermano mellizo podría haber acabado luchando contra los fascistas en la Segunda Guerra Mundial o refugiado en el México postrevolucionario como tantos de sus compañeros de lucha y conocidos; sin embargo, acabó en Cuba. La madre de Teresa cree que el destino lo llevó de una sierra a la otra porque todavía tenía una revolución pendiente: la cubana.

La primera visita del tío Antonio a España desde su exilio fue en 1973, apenas cinco años antes de esa primera fiesta multitudinaria del PCE. Había venido a hacer unas gestiones a la embajada cubana en Madrid y se pasó a ver a su melliza y a conocer a la familia. Fue durante esos días de café y sobremesa alrededor de la mesa camilla cuando la leyenda del tío Antonio empezó a adquirir matices más humanos. Del hombre que luchó junto a Fidel Castro y Ernesto Che Guevara en la montaña, quedaba un fiel burócrata de la revolución que no llegó a identificarse del todo con la causa comunista porque nunca dejó de ser republicano y socialista. Los padres de Teresa eran comunistas, se habían conocido durante la guerra. La complejidad de la izquierda española se abría ante los ojos de una Teresa que por aquel entonces tenía 23 años, trabajaba en una multinacional americana, y era una veterana dentro del grupo de jóvenes que durante casi una década organizaría clases de alfabetización para adultos y guarderías para que las mujeres pudieran salir de la cocina e incorporarse al mundo laboral. Para cuando el tío Antonio llegó a su casa, Teresa ya sabía con certeza que además de comunista era feminista y lesbiana, aunque de sus tres calificativos sólo el primero formara parte de la dialéctica de aquel colectivo de izquierdas del extrarradio de Madrid.

—Cariño, te noto rara. ¿Qué te pasa? —Candela se detiene a sólo unos metros del rincón cubano, se gira y la mira directamente a los ojos.

Candela, la pequeñaja que jugaba a las canicas en el descampado cuando Teresa visitaba a las mujeres del barrio para hablarles de la guardería, es la que mejor la conoce y entiende. Es verdad que comparten cama desde hace ya cinco años; aun así, no deja de sorprenderle que esta mujer tan ajena a todo aquello entienda su desilusión con el rincón cubano, y sobre todo con el PCE y el comunismo en general. A veces, después de hacer el amor, cuando descansa la cabeza sobre el cuerpo desnudo de Teresa, Candela le intenta explicar que su revolución es otra, que no es la comunista, sino la de la mujer trabajadora y sobre todo la de los gais y lesbianas. Le habla del COGAM madrileño y de la federación española que acaban de formar para defender los derechos del colectivo.

—Estoy cansada —dice Teresa sosteniéndole la mirada; la verdad es que preferiría estar en casa tumbada en el sofá con ella escuchando a Serrat—. Esto de pasar el día entero en la Casa de Campo empieza a hacerse pesado. ¡No veas cómo me duelen los pies!

—No te hagas la madurita que tú y yo sabemos que tienes

cuerda para rato —Candela le giña un ojo y la besa en la mejilla—. Esto se arregla con otro cubalibre, pero esta vez de los de verdad.

Entran en el rincón cubano, van directamente a la barra y se piden dos rones con Coca-Cola. Cuando levantan los vasos para brindar se dan cuenta de que sus cubatas sobresalen en medio de un mar de mojitos.

—Por las raras —dice Candela.

—¡Por las raras!

—Lo que nos faltaba —dice de repente Candela mirando por encima del hombro de Teresa—. ¡Éramos pocos y parió la burra!

Teresa se gira justo a tiempo para ver entrar a Martita con Miguel Ángel y sus hijos por el lado opuesto de la carpa. El estómago le da un vuelco e intenta disimular.

—Con la de rincones que hay en la Casa de Campo para confraternizar, ¡y se viene al cubano! —exclama. A pesar de los recuerdos que se le amontonan en la cabeza intenta pensar rápido. Cree que, si se dan prisa, lo mismo pueden escapar sin ser vistas. Para cuando quiere reaccionar ya es demasiado tarde.

—¡Teresa! ¡Teresa! —Martita agita el brazo por encima de la marea de mojitos.

Teresa conoció a Martita una de esas mañanas que llegaba tarde a trabajar cuando entraba corriendo al baño a cambiarse los pantalones por el único uniforme aceptable para las mujeres en la planta de administración: la falda. Martita salía también corriendo del baño y se chocaron bajo el umbral de la puerta. Martita ya en falda, Teresa todavía en pantalón. Teresa sintió que se ruborizaba, aunque no supo muy bien por qué. Lo entendió unas semanas más tarde, cuando descubrió los ojos de Martita paseándose por el círculo de sus caderas y recordó que los había visto hacer exactamente lo mismo aquella mañana bajo el marco de la puerta. La amistad se fue consolidando durante las horas de trabajo en el Comité de Empresa y el Movimiento Democrático de Mujeres. El primer beso se lo dieron en la fiesta de una compañera de partido. «Sólo para mujeres», había dicho la compañera al invitarlas; y todas lo habían entendido, porque en esa fiesta no había ni una sola mujer que no amara a las mujeres. Durante los fines de semana hacían el amor donde podían: en el coche, en cuartos traseros de asociaciones de vecinos o de amas de casa, en la habitación de Martita cuando su hermano, con el que compartía piso, no estaba; o en la habitación de Teresa cuando su compañera de piso se iba al pueblo con el novio. Durante esos años Teresa creyó tocar el cielo de los ateos.

Los problemas empezaron cuando Martita aparentemente decidió que los cambios sociales los quería hacer desde arriba y vio en el partido socialista el vehículo para su ascenso en la escalinata marmoleada y tramposa del poder. En unos meses se sacó el carné del PSOE y empezó a dejarse ver en público con Miguel Ángel. Cuando Martita por fin dio el salto al aparato del partido y desapareció de su vida para siempre, Teresa se retrajo del mundo. Sin casi nadie con quien poder hablar al respecto —cómo expresar la pérdida de algo que nadie supo que había tenido—, se metió en casa y corrió las cortinas. Cuando quiso salir y reincorporarse al día a día de las negociaciones laborales, del Movimiento Democrático de Mujeres y de las fiestas de mujeres, ya no supo a qué ni a quién agarrarse. Le costó reengancharse, de aquella época no le queda más que el grupo de amigos con el que acude cada año a la Fiesta del PCE en la Casa de Campo.

Martita cruza la carpa abriéndose camino hacia Teresa. Miguel Ángel y los niños caminan tras su estela. Han pasado más de diez años desde la última vez que la vio, pero el corazón de Teresa no entiende de abandonos ni de ausencias y le da un brinco que siente en la garganta y hasta en el sexo. Martita está tan increíble como el día que se fue.

—Estás igual, Teresa. Mujer, ¡por ti no pasa el tiempo! — le dice Martita y le da dos besos.

—La política te sienta bien.

—No creas, la procesión va por dentro.

—Te presento a mi compañera, Candela.

—Encantada —dice Candela, y le da dos besos a Martita.

—Encantada de conocerte, Candela. Teresa y yo fuimos grandes amigas. ¡Qué tiempos aquellos! Os presento a mi marido, Miguel Ángel, y a nuestros dos hijos, Santiago y Dolores.

Teresa y Candela cruzan una mirada fugaz conteniendo la risa, las dos están pensando en lo mismo, en los pedestales sin apellido: Santiago por Santiago Carrillo y Dolores, por Dolores Ibárruri.

—Qué sorpresa, no tenía ni idea de que seguías viniendo al rincón cubano—dice Teresa.

—Todos los años, no he faltado ni uno.

—Yo tampoco, increíble que no nos hayamos visto antes. ¿Qué te trae por aquí?

—Si te digo la verdad, creo que la nostalgia —Martita no se anda con rodeos.

—A mí el cubalibre —En realidad también es la nostalgia, pero Teresa se niega a admitirlo públicamente, y menos delante de ella.

Se despiden con la excusa de que han quedado para el mitin de Anguita, y porque después de cinco minutos ya no saben de qué hablar con Martita y con su familia. En el paseo central Candela enlaza su mano con la de Teresa y pasean así durante unos minutos, hasta que se sienten observadas y vuelven a separarse. Teresa piensa en sus padres, en la represión que sufrieron tras la guerra, y el ninguneo y la humillación que padecieron durante los años del franquismo. El día que murió Franco su madre escupió el suelo y su padre lloró. Teresa nunca le había visto llorar. Piensa en el tío Antonio y sus revoluciones, en que seguramente no vivirá para ver su sueño cumplido de una república socialista ni en España ni en Cuba. Piensa en Martita, en el día que salió de su vida para regresar hoy disfrazada de diputada socialista envuelta en ese mustio aroma de nostalgia revolucionaria que tanto conoce. Piensa en ella misma y en que no sabe exactamente cómo ni cuándo se quedó atrás.

—Esta no es mi izquierda, Candela —lo dice sin levantar la mirada del suelo.

—Lo sé, cariño.

—No lo fue nunca.

—Lo sé, cariño.

—Vámonos a casa, anda.

—¿Y los chicos? —pregunta Candela.

—Si te digo la verdad, no nos van a echar de menos —Reconocerlo en voz alta es un alivio.

—¿Y el concierto? ¡Mira qué no hablas de otra cosa desde hace un mes!

—No nos engañemos, Sabina tampoco nos va a echar de menos

Teresa se detiene y toma la mano de Candela entre las suyas. «Cuéntame otra vez lo de la federación esa en la que estás metida». Abandonan el recinto de la fiesta agarradas de la mano. Teresa siente el roce del cuerpo de Candela y sabe que, a la primera oportunidad que tenga, su novia la abrazará y besará con hambre y sin reparos. En algún punto inescrutable de su corazón, Teresa sabe que abandona una casa política para instalarse en otra, y se pregunta si es posible renunciar al hogar que nunca llegó a habitarse del todo.

ADO (Antonio Díaz Oliva) nació en Temuco, Chile, y actualmente vive en Chicago. Es autor de cinco libros, el último Las Experiencias, y es editor, asimismo, de las antologías *20/40* y *Estados Hispanos de América: Nueva Narrativa Latinoamericana Made in USA*, en las cuales reúne a autores y autoras que escriben en español en Estados Unidos. Ha recibido el premio a la creación literaria Roberto Bolaño y becas Fulbright y de la New York University. La Feria Internacional del Libro de Guadalajara lo escogió como uno de los veinte escritores latinoamericanos más destacados nacidos durante los ochenta. Actualmente, gracias a una beca de la Universidad de Princeton, trabaja en un libro de viajes o travelogue sobre la vida de los exponentes del «boom latinoamericano» a través de sus documentos privados.

En el basural de las ideologías
Notas sueltas a partir de un viaje a la casa de Hemingway

0

Esta crónica nació de un viaje familiar a Cuba en el 2009.

1

La advertencia antes de comenzar el tour: pese a que la Finca Vigía, la casa de Ernest Hemingway en Cuba, es un museo, o una casa-museo, a esta no se puede entrar. La única manera de visitarla es por fuera. De esta forma: rodeándola en círculo, deteniéndose frente a la puerta abierta de las habitaciones donde el escritor estadounidense vivió y escribió y en las que de vez en cuando aparecen tres mujeres cubanas. Tres mujeres de jeans y poleras blancas y con guantes de látex que se encargan de que no se acumule el polvo sobre los libros y muebles del autor que dijo esto sobre Cuba: «Vivo en esta isla porque se puede tapar con un papel el timbre del teléfono para evitar cualquier llamada, y porque en el fresco de la mañana se trabaja mejor y con más comodidad que en cualquier otro sitio».

2

Escribiste esta crónica para el suplemento literario de un diario. El Mercurio. El Mercurio es un diario de derecha -a ratos de extrema derecha- en el cual trabajaste por tres años. Es el diario que la CIA financió para derrocar el gobierno de Salvador Allende. Tu editor, un tipo calvo, flaco y con labio leporino, te pidió por favor que fuera una crónica despolitizada: «Ya sabes que este tipo de textos el director los lee con lupa».

3

Finca Vigía fue la casa de Hemingway por 21 años. Primero la alquiló (por 100 pesos) en 1939, y luego la compró al contado (18.000 pesos). La Finca Vigía fue construida por el arquitecto catalán Miguel Pascual y Baguer en 1886. Queda a media hora de La Habana. Hemingway la descubrió en un anuncio de diario. Acá vivió casi la mitad de sus años útiles como escritor. Acá comenzó y terminó *Tener o no tener, Por quién doblan las campanas, A través del río y entre los árboles, Islas en el golfo* y la preferida de quien escribe: *París era una fiesta.* Acá Hemingway se convirtió en Hemingway y también dejó de ser Hemingway.

4

No sabes qué efecto tuvo aquel viaje en la ideología de tu padre y tu madrastra.

Para ellos, como para mucha gente en América Latina, Cuba es una nostalgia.

Tú simplemente fuiste a Cuba a ver la casa de Hemingway y de paso te enfermaste de la guata y conociste gente muy hermosa y simpática y viste mucha más alegría de la que día a día ves en Estados Unidos, donde actualmente (sobre)vives y escribes esto. También viste mucha propaganda (no muy distinta de la propaganda de Donald Trump en algunas partes del sur de Estados Unidos). Y te pareció que partes de La Habana estaban como untadas en el pasado. Como mantequilla rancia sobre un pedazo de pan duro que de todas maneras es mejor que el pan de cualquier supermercado gringo. También Varadero te pareció un resort insípido. Casa de las Américas, la Casa de los Fantasmas de América. Te pareció que se puede vivir con menos. Te pareció que no se puede vivir con menos. Y otras cosas te parecieron inusuales. Como que los turistas tienen una moneda y los locales otra. O que en los años setenta muchos escritores eran de izquierda y defendían a Cuba. Y que sin embargo el último escritor no-cubano en vivir en la Cuba de la revolución fue Hemingway.

5

Lo primero es el comedor. El comedor principal es donde Hemingway recibía a sus amigos extranjeros y cubanos. Todas las puertas están abiertas y la persona que hace el tour (una cubana con polo rojo, jeans, sandalias de cuero y pelo trenzado) guía a los turistas por fuera de la Finca Vigía. En el comedor ya se nota un elemento que se repetirá en varias murallas de esta casa: las cabezas de animales disecadas. Hay búfalos, impalas y bisontes. Son todas cabezas de animales cazados por el mismo Hemingway en alguno de sus hoy mitificados safaris africanos. Y luego dice la guía cubana, con tono de guía turística de cualquier parte, que de que todos los países por donde Hemingway pasó, Cuba fue uno de los pocos que lo cautivaron. «Al nivel de involucrarse fuertemente con la gente y comunidades, quienes lo consideraban una celebridad y hasta mediador cuando había problemas locales.» En Cuba, de hecho, nace su famoso y parodiable apodo de «Papa» Hemingway, así como el cubanizado «Jemingüey» que derivó en «Míster Güey».

6

Hasta los quince tuviste una polera de Rage Against The Machine con la cara del Che Guevara.

Tuviste la siguiente conversación con tu padre y madrastra durante esa misma época.

Estaban hablando sobre Cuba y Fidel Castro y un momento les preguntaste:

«Pero si la gente no puede votar en Cuba... ¿no es eso una dicta...?»

Y tu padre y tu madrastra se miraron a los ojos.

«¿Dictadura?», dijo tu padre.

Estaban en la cocina, en la pequeña mesa del departamento en Santiago de Chile, debajo de una foto enmarcada de Salvador Allende con el discurso que dio antes de morir en la casa de gobierno. Tu padre se puso de pie. Tenía que ir al baño. Tu madrastra te miró.

«Sí», te dijo antes de levantarse para revolver el pesto y mezclarlo con los tallarines. «Pero no hay que decirle a nadie».

7

Sigue la sala de estar o el lugar donde Hemingway pasaba horas leyendo o escribiendo en su sillón favorito; en

este abundan los recuerdos bélicos y las fotografías (varias
con sus exesposas y sus hijos), así como muchos trofeos de
caza, una máquina de escribir Underwood, diversos mapas,
cartuchos, insignias capturadas a las tropas alemanas en
Francia y una amplia colección de silbatos de caza. A un
costado de la sala de estar hay un clóset: una pequeña pieza
llena de trajes que Hemingway usó en su paso por Italia,
Suiza y Alemania durante la Primera Guerra Mundial, así
como botas, rifles y medallas. Por último, una hilera con
dagas, espadas, puñales y navajas de distintos tamaños que
recolectó a lo largo de sus viajes. De toda la casa, esta área
es donde mejor se pueden apreciar las distintas colecciones
y recuerdos que Hemingway guardó mientras estuvo vivo.
Asimismo, hay un estante con algunos libros. La guía dice
que entre esos está la versión corregida de *El viejo y el mar*,
el guion definitivo de la película de esa novela y un final
alternativo de *Por quién doblan las campanas*.

8

*Luego de esa conversación con tu padre y madrastra la polera
de Rage Against The Machine, con la cara del Che, se convirtió
en tu pijama.*

9

La biblioteca de Hemingway. Ahí están las obras de su amigo Francis Scott Fitzgerald, de Mark Twain, de Faulkner y de su querido Thomas Wolfe. Hay que acercarse casi de puntillas para ver qué libros hay. Solo así se pueden distinguir algunos títulos. Hay una copia de *El guardián entre el centeno*. Varios de John Steinbeck. Gertrude Stein. Libros de historia. Política. Mucha guerra. Algunos en español. Francés. Italiano. «Son más de 9 mil», dice la guía. Agrega que algunos tienen anotaciones realizadas por Hemingway y otros están dedicados por colegas y admiradores. Apenas los turistas avanzan a otra parte de la casa las tres mujeres cubanas aparecen y comienzan a limpiar los anaqueles.

10

Mientras escribes esto miras de reojo tu biblioteca. Buscas a Hemingway. Solo tienes dos libros. Uno es «París era una fiesta» y el otro los cuentos completos. El resto de Hemingway hace tiempo que dejó de interesarte o que nunca en verdad te interesó: recuerdas cuando leíste «Adiós a las armas» y «Por quién doblan las campanas», ambas traducidas a un español casi paródico. Ninguno de esos libros te dejó algo en la memoria. Ni una escena. O diálogos. Nada. Hoy te acuerdas más de la casa de Hemingway en Cuba que de ciertos libros de Hemingway.

11

Los jardines traseros. Es lo mejor de la Finca Vigía. La guía habla sobre una de las conocidas y mitificadas características de Hemingway: su amor por los gatos. El escritor tenía 47, además de 4 perros y varios gallos de pelea. La guía cuenta la siguiente anécdota. Cuando un gato mataba a otro, el novelista sacaba el rifle y lo descargaba sin remordimiento y a modo de castigo. Decía que la única manera de detener una posible matanza era asesinando al que inició todo. Cierta vez, incluso, uno de los sirvientes de Finca Vigía ofreció jalar el gatillo: «¿Le disparo, Papa?», preguntó apuntando a uno de los gatos con un arma. La respuesta de Hemingway fue: «Dame acá, coño, que a los míos los mato yo».

12

Enrique Lihn en uno de los poemas de aquel libro que compraste en La Habana, editado por Casa de las Américas, por casi nada: «Así me veo en el mundo de la fragmentación como un clochard escarbando en el basural de las palabras en el basural de las cosas».

Enrique Lihn -descubres más tarde- escribió ese poema en Cuba.

En La Habana.

Aunque luego de ese viaje el poeta chileno se desencantó de la izquierda. Lo hizo en medio de una dictadura de derecha, la de Pinochet.

13

Por entre los jardines traseros aparece la piscina en la que Ava Gardner, Katharine Hepburn y el torero Dominguín Ordóñez alguna vez se bañaron y tomaron daiquiris o mojitos. Y a los lejos el yate Pilar, hecho de caoba y roble. En plena Segunda Guerra Mundial, dice la guía de polo rojo, Hemingway lo usaba para rastrear los submarinos nazis que recorrían el Golfo de México. No solo eso: el Pilar, al mando del patrón Gregorio Fuentes, inspiró la escritura de *El viejo y el mar*. El Pilar está en buen estado. Casi todos los turistas se sacan fotos con el yate de fondo. Ahí se acaba el recorrido por la Finca Vigía.

14

En ese viaje también compraste los siguientes libros: aquella antología de Enrique Lihn, otra de Rodolfo Walsh, «Los papeles póstumos del Club Pickwick» de Charles Dickens y «Hemingway en Cuba» de Norberto Fuentes con prólogo de Gabriel García Márquez.

Te costaron menos de cinco dólares.

15

La tienda de suvenires y recuerdos. Es una pequeña habitación de piso de baldosas rojas con murallas blancas. No hay mucho. Dos estantes con tazas y poleras horribles de la Finca Vigía y el resto son postales y posters de Cuba y cajas de Cohiba, además de botellas empolvadas de ron oscuro. Entre las postales y posters hay uno de Hemingway con Fidel Castro dándose la mano.

16

En realidad, no hablan mucho de este viaje.

Por eso no sabes qué significó en cuanto a su nostalgia personal y tampoco quieres meter el dedo en esa nostalgia.

Hasta hoy con tu padre recuerdan que les ofrecieron en todas partes los mismos cigarros: «¡Cohiba!, ¡Cohiba!, ¡Cohiba!».

Algunas comidas.

Los taxis.

La arquitectura.

La amabilidad de la gente.

Y otros momentos familiares —que podrían haber sucedido en cualquier geografía—, así como la Finca Vigía y los ¡Cohiba!, ¡Cohiba!, ¡Cohiba!

17

1958 y la Finca Vigía ya no es el refugio donde Ernest Hemingway se puede encerrar a escribir. Cuatro años antes, en 1954, gana el premio Nobel. Y por eso toda celebridad que pasa por Cuba pone un pie en la Finca Vigía. Se multiplican las fiestas y las salidas a La Habana, y la falta de tiempo para que Hemingway se concentre en su escritura aumenta. También la depresión. La vejez. Los achaques y la sensación de que «esta finca es un lugar espléndido para escribir», como dijo en una entrevista de la época. «O por lo menos lo era».

18

Tu padre vota por la izquierda chilena.
Lo hace a regañadientes.
Como mordiéndose la lengua.
¿Hay otra forma?

19

Todo ese tiempo Hemingway mantiene buenas relaciones con el nuevo gobierno cubano, e incluso entrega el trofeo al ganador del Concurso de Pesca Deportiva Hemingway, en La Habana, durante un verano. El ganador es ni más ni menos que Fidel Castro, quien le confiesa al estadounidense no saber mucho de pesca. «Soy un novato en esto», dice Fidel. Y Hemingway responde: «Un novato con mucha suerte, claro». Hemingway y Fidel Castro se dan la mano. Alguien saca una foto. Esa es la imagen que venden en la tienda de suvenires y recuerdos en la Finca Vigía.

20

En la Finca Vigía compras postales y ese póster de Hemingway
con Fidel Castro dándose la mano, el cual semanas más tarde,

de regreso de Cuba, llevas a una tienda para que enmarquen.
La persona que entonces te atiende es un cubano residente en
Chile que te mira con sospecha al ver que debe enmarcar una
foto en la que aparece Fidel Castro. «¿Y este otro?», te pregunta
apuntando a Hemingway. «¿Quién es?». Le dices que el autor
de «El viejo y el mar». «Ah, el Jemingüey ese», responde.

21

1960: Hemingway sale de Cuba rumbo a España para
asistir a las corridas de toros. Lo que promete ser un viaje
festivo se convierte en un viaje depresivo. Hemingway deja la
isla. Es su última (y definitiva) salida de Cuba. Hemingway
nunca regresa a la Finca Vigía, aunque deja a varios sirvientes
a cargo para que «todo siga funcionando normalmente». Los
problemas de salud y subidas y bajadas anímicas lo afectan.
Lo meten a un hospital, donde le aplican terapia de shock.
De a poco pierde la memoria. Escribe poco. Y mal. En una
de sus últimas cartas, desde una sala psiquiátrica, le dice esto
al hijo de uno sus amigos: «Me siento bien y muy alegre por
las cosas en general y espero verlos a todos pronto». Firma la
carta con un tembloroso «Papa».

22

Tres años más tarde de este viaje a Cuba, antes de emigrar a Nueva York, descuelgas aquel póster de Hemingway y Castro y lo pones a la venta en Mercado Libre, un sitio web promocionado, en sus inicios, con un comercial en blanco y negro. Ahora, mientras terminas estas notas a partir del viaje a la casa de Hemingway, lo buscas en YouTube. Y lo encuentras: aparece Fidel Castro frente a una masa de gente: «Compañeros, finalmente estamos listos para comprar y vender de todo», grita el Castro apócrifo. «¡Viva el mercado libre!»

23

Es la madrugada del 2 de julio de 1961. Ernest Hemingway busca algo en la bodega del sótano. Está en su hogar en Ketchum, Idaho. Inspecciona sus armas y sube las escaleras hacia el vestíbulo de la entrada principal de la casa. Al hombro carga su escopeta favorita. Una de cañón largo que llevó consigo desde competencias de tiro en Cuba hasta cacerías de patos en Italia y un safari en África Oriental.

24

Tres años más tarde de este viaje a Cuba, ya viviendo en Nueva York, subrayas esto de las memorias de Reinaldo Arenas: «La diferencia entre el sistema comunista y el capitalista es que, aunque los dos nos den una patada en el culo, en el comunista te la dan y tienes que aplaudir, y en el capitalista te la dan y uno puede gritar».

Y cuando das vuelta la última página de las memorias de Reinaldo Arenas piensas en el paraíso de tus padres.

Y eso que tu ni siquiera tienes paraíso.

25

La noticia del suicidio de Ernest Hemingway llega a diversos puntos de Cuba. Este es el mensaje que se difunde a través de las radios locales ese mismo 2 de julio de 1961: «Ha muerto un amigo». Las horas posteriores a la muerte de Hemingway los sirvientes de Finca Vigía siguen con las actividades domésticas. Es como un día normal. Aunque nada seguiría normal.

Melanie Márquez Adams es la autora de *Mariposas negras* (Eskeletra, 2017) y editora de las antologías *Ellas cuentan: Crime Fiction por latinoamericanas en EE. UU.* (Sudaquia, 2019) y *Del sur al norte: Narrativa y poesía de autores andinos*, premio International Latino Book Awards. En el 2018 recibió un Iowa Arts Fellowship y en el 2020 obtuvo un Máster (MFA) en Escritura Creativa por la Universidad de Iowa. Su obra aparece en varias antologías y revistas literarias.

Inventario personal de una isla en peso

La eterna miseria que es el acto de recordar.

"La isla en peso", Virgilio Piñera

Una noche miamense, un novio alemán y un garaje en el *downtown* de la ciudad. Desde el otro lado de la ventana del coche, el encargado le dice: «Caballero, se le cayó la sonrisa». *Poesía microscópica*: aquel anciano gurú vaticina con su son cubano, *son del areíto*, por qué esa relación nunca va a funcionar.

Dos platos de tostones en el Versailles. Una cubana, una puertorriqueña y una ecuatoriana *en la mesa del café. La claridad mueve las lenguas, la claridad mueve los brazos.* Al calor de las lámparas de araña, *la noche invade con su olor* y las amigas escritoras ríen y conspiran. Se cuentan *los secretos más inconfesables: las eternas historias de estas tierras.* Amores. Madurez. Vida.

Tres temporadas y media de «La Tremenda Corte». Almuerzos calurosos de familia acompañados por Tres Patines y Nananina. Una infancia católica-apostólica-romana: ¡a la reja! *El mediodía estático se mueve, se balancea.*

Cinco órdenes de ropa vieja en un restaurante de Urdesa y un psicólogo que acompaña a sus pacientes a los centros de rehabilitación en La Habana. Regresa a Guayaquil desbordando de historias, *todas esas historias.* La única que puede recrear para sus tres hijas es aquella del plato con *el nombre más querido,* nombre más extraño.

Catorce balseros y un bote de aluminio. Cuatro sobrevivientes *y el mar picando en sus espaldas.* Un niño, dos países, y una redada del Immigration and Naturalization Service en Little Havana. Desde un apartamento estudiantil, no muy lejos de aquel *sitio dejado por su sombra,* las tres hermanas contemplan *la hora terrible* de Elián: aquella imagen que se hizo viral antes de que todos supiéramos lo que eso significa. Niño héroe. Pobre niño. Atrapado entre *dos maracas pulsadas diestramente.*

Veintidós sánduches cubanos en La Carreta. Un aeropuerto y dos visas de estudiante. *El primer contacto carnal*: relaciones confiscadas al archivo de los recuerdos. *El horroroso paseo circular* de las despedidas *en este país donde no hay animales salvajes.*

Cincuenta gatos a 90 millas de Cuba. Una foto en la boya, un Mardi Gras y una casa de Hemingway vista solo desde afuera. La noche se cruza de paralelos y el solitario curso del amor no sobrevive el camino de vuelta a Miami.

Doscientos setenta minutos de las balsas transmitidos entre *Despierta América* y las telenovelas. Pies secos, pies mojados. *En el momento en que nadie cree en Dios*, las hermanas rezan para que todos puedan llegar. Cerca tan cerca, el peso de una isla en el amor de un pueblo. Ya no queda rastro de las telenovelas. De las hermanas, naufragio. Lo único que persiste es *la maldita circunstancia del agua por todas partes*.

Gastón Virkel es escritor y guionista. En días soleados se define como un storyteller para no dejar plataforma alguna fuera de sus posibilidades. Sus textos han sido publicados en antologías como *Pasajeros en Arcadia* (Marcelo Di Marco), *Viaje One Way* y *Miami (Un)plugged* (H. Vera Álvarez y P. Medina León, Suburbano Ediciones), *Los topos mecánicos* (Raquel Abend Van Dalen, Editorial Ígneo), *Hostos Review #15* (Amrita Das y Naida Saavedra). En 2017 publicó *Cuentos Atravesados*, su primer libro de relatos por Suburbano Ediciones (SEd). Ha escrito y dirigido el largometraje *De rodillas*, además de haber participado en numerosos cortometrajes. En TV ha trabajado para marcas como MTV, Discovery Kids, Sony Entertainment Television, Boomerang/Turner y Paramount, entre otros. Publicó la novela por entregas *#Lasticön* en el magazine digital Suburbano.net donde además supervisa la imagen de marca y redes sociales.

Hasta el parricidio siempre

Si bien nunca llegué a tener la remera (playera, franela, polera, t-shirt) del Che, lo cierto es que no hubiera desentonado entre los distintos grupos de pertenencia durante mi adolescencia o mi transición a la adultez. El motivo por el cual no la adquirí tiene que ver con mi recelo con todas las idolatrías. Por la misma razón, casi nunca me compré camisetas de fútbol con el nombre de jugadores en la espalda y, cuando lo hacía, casi nunca las vestía. Recuerdo una *Nike* de Claudio Paul Cannigia, gloria de la selección argentina, de cuando integraba las filas del Glasgow Rangers de Escocia. Esa llegó hasta el sur de la Florida, aunque su suerte no cambió. En algún momento fue donada al *Salvation Army* o a *Goodwill*. Me gustaba imaginarme a alguien que sí se animara a ser percha de ese ídolo, hallando este tesoro escondido entre los racks mugrientos, por apenas un puñado de dólares.

En Sudamérica (tal vez en todos lados donde rescataban su figura) el Che representaba un símbolo de rebeldía; una rebeldía adolescente, sin demasiado análisis. Lo que quiero decir es que quien la lucía, no declaraba su pensamiento político a través de un *statement* fashionista sino más bien informaba a la población de su inmersión en la dura tarea de poner en tela de juicio los mandatos paternos, tarea que debe emprender todo joven durante la construcción de su identidad.

Con el Che me sucede algo muy parecido que con Diego Maradona. No puedo desestimarlos por completo porque conservo cierto apego a mis recuerdos de adolescente porteño, a un tiempo de mi historia y a relaciones que por momentos percibo casi como de otra vida. Pero me cuesta conciliarlos con mi pensamiento actual. Los preservo como aquellos que tienen a su mejor amigo en la cárcel y continúan visitándolo un poco por una lealtad innecesaria y otro poco por el morbo de entenderlos. Del Che quiero destacar como único punto que postulo para su supervivencia, que el tipo le puso el cuerpo a lo que pensaba, equivocado o no. Si bien hace unos meses escuché en un podcast a uno de sus hermanos quien sostenía que la familia no vivía entre lujos, los Guevara Lynch tenían cierto abolengo. Ernesto dejó truncas sus intenciones de cursar una carrera médica —se contaba con un buen pasar siendo profesional de la salud en aquel entonces— para conocer el mundo primero y para tratar de componerlo después. No descubro nada si afirmo mis sospechas sobre el hecho de que habría muchas menos guerras en el mundo de hoy si los congresistas o sus hijos fueran parte de la infantería que pone pie en la tierra de nadie. Podríamos intentar empatizar con el Fidel que bajó de la Sierra Maestra pero no con aquello en lo que convirtió.

En Miami siempre supe que invocar al Che resultaba poco menos que una infamia. Nunca tuve un conflicto con eso, nunca fui demasiado Cheísta. La Cuba comunista, dictadura del proletariado me perdió en «dictadura». Es complicado juzgar a un actor de los 60, sin ponerse en sus zapatos. El sociólogo Sebreli critica este relativismo cultural en el que se termina respetando a un otro que a su vez no respetó libertades básicas y me parece que ese podría ser un buen límite. Bajo ningún concepto deberíamos erguir estatuas a personajes que no respetaron al otro.

Mientras escribo estas líneas tienen lugar las marchas que siguieron al absurdo y sádico asesinato de George Floyd en Mineápolis. Asistimos a manifestantes que derrumban monumentos de generales confederados. La furia se extiende por todo el mundo. Hasta Colón sufre su ira. Los defensores del *statu quo* reaccionan y se encargan de defender sus tradiciones

—racistas, da igual— emplazadas en esos bloques pétreos. Ellos jamás entenderían lo que voy a decir. Pero creo que las estatuas deberían tener la función inestimable de ser derribadas. Simbolizaría —la destrucción y no su emplazamiento— cierta evolución de una sociedad. Para Freud, el parricidio es constitutivo: «La muerte del padre» es el crimen principal que funda la humanidad y al sujeto. «Parricidio» en el sentido figurado de derrumbar las imposiciones que vienen del afuera para erigir las propias, construir una identidad de sujeto respondiendo al propio deseo.

Parte de la sociedad americana luce como un adolescente furioso que se resiste a tumbar a sus ídolos, que piensa que la gran America —sin— acento se encuentra en el pasado. Como mis amigos que lucían la remera del Che. Pues no: la única America posible, está en el futuro y debe hacerle espacio a mucha más gente. Y para que eso suceda no está mal derribar algunos mitos.

Los monumentos representan paradigmas, modelos que explican el mundo y que deben ser reemplazados por uno nuevo que lo supere y desentrañe aún con más certeza los secretos que nos rodean. En un mundo perfecto, por ejemplo, un artista debería esculpir en la estatua del general confederado Robert E. Lee hasta dar forma a la figura de Harriet Tubman, la activista–abolicionista que se dedicó a salvar otros esclavos usando el *network* del Underground Railroad. Así, como a unas matrioshkas, la sociedades evolucionarían pero honrando mitos cada vez más pequeños, dando forma en la piedra a nuevas invitaciones a evolucionar porque los monumentos a deconstruir son cada vez menos imponentes.

En La Habana, con los hierros del Memorial del Che, ¿qué nuevo paradigma de la Cuba liberada podría reconstruirse? ¿Qué rostro debería venerarse desde la plaza de la revolución, si es que en el futuro se sigue llamando así?

Mientras mi hijo —taurino para ser preciso— se apresta a iniciar el *high school*, asisto al lento derrumbe de mi propio monumento con orgullo. Con saludable placer. Así tenía que ser. Hasta el parricidio siempre.

Keila Vall de la Ville, autora de la novela *Los días animales* (2016) International Latino Book Award 2018; los libros de cuentos *Ana no duerme* (2007); finalista Mejor Libro de Cuentos Concurso de Autores Inéditos Monte Ávila Editores, *Ana no duerme y otros cuentos* (2016); y el poemario *Viaje legado* (2016). Antóloga de *Entre el aliento y el precipicio. Poéticas sobre la belleza* en versión bilingüe *(in press)*, y coeditora de *102 Poetas en Jamming* (2014). Su trabajo aparece en antologías americanas y europeas de ficción y no ficción. Fundó el movimiento "Jamming Poético" (2011-presente). Es Antropóloga (UCV), MS Ciencia Política (USB), MFA Escritura Creativa (NYU), MA Estudios Hispánicos (Columbia University). Sus colaboraciones pueden leerse en diversos medios digitales. Nació en Caracas, Venezuela y vive en New York.

Keilavall@gmail.com

Sastres tristes

Que existe una melancolía profesional, si se me permite expresarlo así,

concomitante a la ocupación de sastre,

es un hecho que creo que muy pocos se aventurarían a discutir.

Charles Lamb

Anoche nos encontramos en una de las mesas metálicas de la avenida principal. A raíz de la pandemia muchos de los locales del pueblo ubicaron extensiones al aire libre, de manera que podía sentarme en la mitad de Colorado Avenue a mirar el paisaje y la gente pasar, tomar una copa, leer, encontrarme con Ignacio. Aquel día él bebía cerveza y yo vino tinto, eran cerca de las siete y la tarde caía enrojecida sobre las montañas del valle. Bañada por aquella luz que no deja de asombrarme, una familia terminaba de cenar en una de las mesas prudencialmente alejadas. Los cinco, dos adultos y tres niños, se pusieron de pie y mientras unos se ajustaban las máscaras y los pañuelos tipo vaquero cubriendo la mitad del rostro, la madre y uno de los pequeños se acercaron al contenedor de basura con dos platos aún colmados de alimentos. Sentí el estómago retorcerse, pero no indagué en la sensación o no aún, pues al momento Ignacio decía con cierto desprecio:

—No entiendo cómo la gente la desperdicia así. En casa teníamos terminantemente prohibido dejar comida en el plato. Mucho menos botarla.

Mi casa es igual. Una tendencia, o una norma que he atribuido en parte a mi historia lejana, accidental, o arbitraria, y en parte a mi historia reciente y muy directa. Mis bisabuelos eran polacos judíos, y si bien antes del holocausto gozaron de una muy buena posición económica, viajaban, vestían a la moda y eran muy educados –el señor era doctor de la alta alcurnia– con la debacle Nazi lo perdieron todo. Se salvaron de milagro. Cuando el ejército alemán invadió Polonia desde el oeste, huyeron a pie hacia el sur, subieron a un barco en el mar Negro, terminaron en Palestina. Corrieron con tremenda suerte, pues el barco que zarpó justo después de ellos con casi ochocientos refugiados se hundió en las costas de Turquía cuando intentaba cargar combustible en Estambul. No lo dejaron atracar, el ejército ruso los atacó por error (sí, por error), y se hundieron. Casi ochocientos pasajeros.

Mi familia terminó después de un viaje atropellado y

trágico, en el *Lower East Side* de New York. Se presentaron ante la Estatua de la Libertad tan bien trajeada con una mano adelante y otra atrás. Una de las niñas murió en el trayecto, y quienes llegaron, llegaron adoloridos, malcomidos. Nunca pregunté cómo terminaron en Maracay, en Venezuela. Pero sé que mi padre heredó de aquel viaje traumático en el que décadas antes de su propio nacimiento había muerto su tía de apenas cinco años de edad, una gran angustia ante toda situación imponderable y una enorme culpa.

Le conté a Ignacio, en pocas palabras, que mi padre recibió de su padre eso que llaman culpa del sobreviviente. Es incapaz de dejar comida abandonada en el plato, mucho menos de descartarla. Aprendió a sentirse responsable por el hambre de aquellos parientes que nunca conoció, o que ha olvidado. Pide poco en los restaurantes porque sabe que siempre sobra comida en la mesa, así que su menú es siempre un potpurrí. Puede perfectamente incluir como contorno mis papas fritas y parte de mi hamburguesa, cinco tenedores a un plato de pasta boloñesa, unos pocos bocados de ensalada. «Cuánto hubiese dado mi mamá por un trozo de pollo así, o por este pedazo de pan», dice que le decía mi abuelo. «Tal vez mi tía Emilia, tu tía que en paz descanse, hubiese sobrevivido la travesía de haber tenido una porción como ésta al día».

—Así mismo yo adquirí esta culpa —le dije a Ignacio—.

No ha de subestimarse el poder de la memoria genética del trauma. Él no dejaba comida sobre la mesa y yo tampoco. Él me legó esa responsabilidad y yo se la he pasado a mis hijos.

Ignacio me dijo sonriendo entender muy bien; sus abuelos llegaron a Valparaíso en el Winnipeg, nada más y nada menos:

—Tú que eres poeta lo debes saber: ese barco llegó a Chile gracias a Neruda.

—Su más bello poema —respondí sintiendo que Ignacio y yo somos familia, somos del mismo clan, un clan privilegiado y distinto al de los perseguidos con menos suerte, presos o muertos antes de subir a ningún barco, o aun subiéndose. Nacimos gracias a la suerte de unos pocos afortunados en medio de los millones de desafortunados de la historia. Y esta es una responsabilidad. No dije nada. Me pareció escuchar a mi papá, e Ignacio continuaba:

—Mis abuelos llegaron junto a 2.200 republicanos, hambreados. Tuvieron que apañárselas. A pesar de que él era sastre y ella lo ayudaba a bordar y tejer suéteres para las señoras de Valparaíso, andaban pato, no tenían ni uno. Pero con el tiempo todo cambió. Mira —añadió arremangándose la camisa negra—, mi abuelito se convirtió en uno de los sastres más famosos de Chile. Cosió trajes a presidentes, a gente importante. Fue nada más y nada menos que el sastre de Fidel. —Extendiendo el lado interno del antebrazo hacia mí, con la parte blanca apuntando el cielo, me mostró su tatuaje.

—¿Ves que un asa es negra y la otra blanca?

—Umjú.

—Así son las tijeras de costura. De acero. Un lado negro y el otro plateado. Lo de colores debajo es la tela. ¿Cacháis?

—¡Sí! ¡increíble! —Es verdaderamente precioso su tatuaje— ¿Y por qué fue Fidel a Chile?

—No sé. Creo que para apoyar a Allende, por el setenta y algo. Se quedó ahí un chorro de tiempo y mi abuelito le cosió varios trajes. Luego lo mandaba a llamar. Tenía un avión esperando por él para llevarlo a Cuba cada cierto tiempo. Todos los años mi abuelo pasaba dos o tres semanas allá.

—No te creo. ¿Trajes de campaña?

—No. Por ese tiempo ya Fidel vestía de traje formal. Por ahí tengo una foto. Si lo googleas no aparece. Esos comunistas de mierda no dejaban que se supiera nada. Pero la foto te la puedo mostrar cuando vuelvas. Sale elegantísimo. La traigo, o te la mando por mensaje de texto. Cuando mi abuela se ponía brava le decía: vete con tu amante cubana, a ver si se aguanta tus huevadas.

—¿Y tú te acuerdas de eso?

—Poco. Era un cabro demasiado chico. Pero está la foto. Dimos dos sorbos largos al contenido de nuestros vasos plásticos y en eso Ignacio miró el reloj, acomodó y abotonó la manga de su camisa, y dijo:

—Ya me tengo que ir, empieza mi turno.

Nos despedimos. Él se dirigió al Sheridan, yo seguí hacia la montaña. Al llegar a mi casa investigué y no fue fácil dar con el abuelo de mi amigo, pero al hallar la primera foto no tuve dudas: es idéntico a él. Supe que vistió a más de un presidente y a personalidades famosas. Hace unos diez años cerró su tienda, y ahora vive en una casa de retiro, no más tijeras. No más patrones o retazos de tela. Como suele ocurrir, con la vejez se volvió anónimo.

De los trajes de Fidel confeccionados en Valparaíso no encontré nada. Sí supe de otro sastre, de apellido Pantoja, que en Santiago de Cuba vistió al rebelde cuando aún lo era y se escondía en la Sierra Maestra. Durante el día Pantoja enterraba la tela verde oliva en el patio trasero de su taller no fuesen a llegar los de Batista a hacer preguntas y lo encontraran con las manos en la masa, o en la tela. Saqué la cuenta, esto habría ocurrido un par de décadas antes del viaje a Chile, cuando Fidel y sus compinches aún derrochaban ese estilo desganado que los convirtió en los primeros hippies de la historia. Muy hippies, pero vistiendo trajes a la medida, claro; este señor Pantoja arriesgó su vida viajando tres veces de incógnito a la Sierra para probar a Fidel los trajes que una vez confeccionados en la ciudad enviaba junto a un cargamento de medicinas y otros artículos de primera necesidad para los revolucionarios de barbas y el cabello largo. Se puede decir que Pantoja vistió a los primeros hippie-chic de la historia, una banda de hombres y mujeres que marcando un estilo alternativo prometían estabilizar socialmente a la isla pero que al llegar al poder terminaron apresando homosexuales y ejecutando opositores. Con los años Fidel se hizo más chic que hippie, y más totalitario que chic.

Por su parte, su sastre cubano que era nada más y nada menos que gay, terminó huyendo a Miami de incógnito, sintiéndose traicionado por aquel cliente que se suponía liberador, pero que resultó asesino y autoritario. El hombre que arriesgó su vida por vestir al revolucionario volvió a exponerse, pero ahora para huir de él. Cruzó el mar Caribe en una embarcación enclencle. Otro refugiado en el mar. Décadas más tarde murió en el exilio y sin ver libre a su isla, por lo contrario, sabiéndola hundida. Leyendo esto recordé a Lamb: «¿Cuándo se ha sabido que un sastre ofrezca un baile o sea él mismo un buen bailarín o que sea un espléndido equilibrista sobre la cuerda floja, que cante o toque el violín o brille bajo alguna luz semejante?» Pensé: jamás. Pensé que viven tras bastidores, no tener rostro es una de sus fortalezas. Tal como dijo Ignacio: si buscas su nombre seguro no aparece.

A la vez, tienen un don fantástico. Entonces pensé en «El rey está desnudo», en el poder y el peligro que supone vestir a un mandatario autoritario y egocéntrico, y también en que la fórmula «mandatario autoritario y egocéntrico» es redundante.

Durante nuestro encuentro no tuve tiempo de contar a mi amigo chileno sobre la segunda y muy directa causa de mi inquietud ante un plato de comida lanzado a la basura. Y el origen de la herencia culposa que heredo a mis propios hijos. Venezuela fue el respirador de la revolución cubana cuando la revolución se evidenció no solo autoritaria e ineficiente para garantizar la libertad que tanto había ofrecido en los inicios, sino económicamente quebrada. Y ahora como consecuencia de otra revolución fallida, somos los venezolanos quienes hemos caído en el foso. No abandono comida en el plato porque pienso en los míos si lo hago.

Esta mañana vi a mi hijo salir de casa, la patineta ajustada a la mochila mostraba la superficie inferior tapizada de calcomanías. Una del Che, recién adherida, impactó mi vista antes de que mi hijo se perdiera en las escaleras para irse a patinetear. Una de esas imágenes pop, con la boina y las facciones apenas dibujadas en negro sobre rojo. Al reencontrarme con el pequeño en la tarde le pregunté si sabía quién era aquel señor de la silueta adhesiva. Me dijo:

—Ni idea. Creo que es un cantante. Está *cool*, ¿verdad?

Ulises Gonzáles (Lima, 1972) ha publicado una novela: *País de hartos* (Estruendomudo, 2010), cuentos, crónicas y ensayos en Revista de Occidente, Hueso Húmero, Renacimiento, Hermano Cerdo, Suburbano y Buensalvaje. Sus trabajos han aparecido en las antologías: *Incurables. Relatos de dolencias y males* (Ars Communis, 2020), *Escritorxs Salvajes* (Hypermedia, 2019), *Cuentos de Ida y Vuelta:17 narradores peruanos en Estados Unidos* (Peisa, 2019), *Estados Hispanos de América* (Sudaquia, 2016), y *Casa de locos. Narradores latinoamericanos que estudian un doctorado en Estados Unidos* (Paroxismo, 2015). Dirige la revista de literatura Los Bárbaros y codirige la editorial Chatos Inhumanos. Es Máster en Literatura Inglesa por City University of New York (CUNY) y profesor a tiempo completo en el Journalism and Media Studies Department de Lehman College, (Bronx, New York).

Recuerdos para cuando pise Cuba

1.

—*Es que el viento de La Habana en el malecón. No sé cómo decirte. Me encanta*, dice ella, la traductora.

Es la primavera de 2019 y estamos en un café Maison Kayser de Manhattan, cerca de Union Square. La he citado para una conversación profesional, sobre un libro que vamos a publicar. A ella, que ha dedicado gran parte de su carrera a estudiar la obra de Martí, le brillan los ojos cada vez que habla de Cuba y de los cubanos.

El 2019 hubo dos historias que me acercaron mucho a la isla. Una de ellas fue el podcast *Scattered*, donde el comediante Chris García viaja con la familia a desparramar las cenizas de su padre en el mar de Cuba. García investiga la vida de su viejo, un exiliado cubano que rehízo su vida en los Estados Unidos: sus trabajos forzados en las UMAP, su tragedia en Mazorra, el hospital psiquiátrico de La Habana, su trabajo como ingeniero, su lucha contra el Alzheimer. La otra fue un episodio de *Radio Ambulante* donde la escritora Karla Suárez lee un texto que recuerda su infancia y juventud habanera. Aquí un fragmento: *La Habana es los muchachos de mi barrio bañándose en el aguacero y las madres gritando por el balcón que ya es hora de comer, que regresen. Y los chiquitos corriendo, los varones en la calle jugando a la pelota, las niñas jugando al pon. Es las canciones de Teresita Fernández, 'amiguitos vamos todos a cantar, porque tenemos el corazón feliz'.*

—Nunca he estado ahí —le digo a la traductora—. Quiero ir —le digo—. *Sí. Alguna vez.* Me convenzo.

Viajar a Cuba es una idea que siempre me atrajo. ¿Desde cuándo? No lo sé. En cierto modo este texto es una búsqueda y una revelación. Antes de escribirlo no era consciente de que Cuba ha estado conmigo a lo largo de mi vida. Es como si, de alguna manera, hubiéramos vivido entrelazados.

Mi memoria más antigua de Cuba es de la escuela. Tendría 9 años cuando el maestro de música nos obligó a memorizar esta letra: Mamá yo quiero saber/ De dónde son los cantantes/ Que los encuentro galantes y los quiero conocer/ Con sus trovas fascinantes que me las quiero aprender/ De dónde serán. Ay mamá/ Serán de La Habana, serán de Santiago, tierra soberana. Al cantarla, esa estrofa empalmaba con el coro de nuestras voces vírgenes: *Ya verán, loo verán. Mamá ellos soon de la loooma, mamá ellos caantan en llaano, mamá ellos soon de la looma, mamá ellos caantan en llaaano.*

Empiezo a escribir y recuerdo que la mujer más bonita que he besado en Nueva York era cubana. Tenía un lunar al lado de la boca, vivía en Nueva Jersey y hacía yoga. Hoy es editora de cine en California. La dejé de ver algunos años, hasta que una noche de Halloween la encontré disfrazada a lo Marie Antoinette en una fiesta cerca de la 14. Un peruano que llegó a la fiesta conmigo me dijo, mirándola hipnotizado: qué guapa.

El energúmeno que arruinaba las reuniones de la Facultad en Lehman College, era cubano. Despotricaba contra los comunistas, contra los capitalistas, contra los profesores, las autoridades de la universidad, sus empleados, el género humano. Además de renegón era ególatra: sus anécdotas, incluso las que pretendían elogiar a sus estudiantes, siempre lo tenían a él de protagonista. Había tenido alguna fama como periodista y dirigido un programa de televisión. Cuando le conté que mis estudiantes veían en clase *Diarios de motocicleta*, me habló de Ernesto Guevara: *Escuchaba nombres y apellidos que a los cubanos le sonaban a dinero, a influencias. Él no conocía a ninguna familia cubana así que sin remordimientos los mandaba matar. A mi papá le dio 24 horas para que saliera de Cuba con su familia. Sin nada. Así llegamos a Miami. El Che era un carnicero.*

La única persona a la que me he atrevido a levantarle la

voz en una clase también ha sido cubana. Fue una profesora del Doctorado, prestigiosa investigadora de la literatura colonial. Su método de enseñanza privilegiaba la memoria en vez de la crítica. Nos hacía firmar al recibir y al entregar los exámenes, y exigía que los compañeros nos sentáramos a resolverlo dejando dos carpetas de distancia ¡Qué seminario para graduados era ése! Cuando levanté la voz para decirle que estaba descontento con su forma de calificar, me espetó: *Tómese una aspirina*. Una estudiante española cometió la locura de criticar sus evidentes lagunas sobre la dramaturgia peninsular. La profesora cubana se ensañó con ella.

Mi único consejo para los compañeros del Doctorado fue que la evitaran. Siempre y en todo lo posible. En su descargo, diré que ningún maestro me hizo trabajar tan duro para un ensayo final. Analicé tres comedias de Tirso sobre los hermanos Pizarro, incluida aquella en que Gonzalo se abre camino por la Amazonía en su delirante travesía buscando el País de la canela. Titánica epopeya, la mía: rebuscando libros, rastreando referencias, escarbando las bases de datos y las páginas amarillentas de la biblioteca. La cubana me puso una B+

Por otro lado, gracias a un generoso profesor cubano aprendí a querer la obra barroca de Severo Sarduy. Qué talento y desfachatez la de Sarduy para meterse —a sus aires— en la pintura y la literatura. Su obra es admirable, lamento no haberla conocido antes. Sólo miren esa frase con la que acaba *De dónde son los cantantes*: «Ya iban alcanzando los portales cuando, desde los helicópteros, llovió la balacera». Sarduy también tiene poemas y ensayos magníficos. Con aquel profesor leí también por primera vez a Cabrera Infante.

—Tienes que leer *Tres tristes tigres*, me dice la traductora antes de salir del Maison Kayser, mientras sugiere que me lleve una hogaza de pan. *Sí, sí*, digo, pensando en lo poco que he leído sobre Cuba.

En mi juventud limeña no leíamos libros cubanos. Cuba era la revolución y su música. En la universidad empezó a ser el cine. Cada cierto tiempo escuchaba en los pasillos de la facultad: «Los Baños». Sabía que hablábamos de una buena beca, de prestigio (me refiero a la Escuela de Cine y TV de San Antonio de Los Baños, fundada en 1986 por García Márquez). De vez en cuando venían a la universidad personajes del cine cubano. Uno de ellos dictó un seminario magistral sobre producción. Tal vez la gran estupidez de mi carrera —hubo muchas— fue perder las notas de aquel seminario.

Cuba fue gran noticia cuando 10 mil refugiados llenaron la embajada peruana en La Habana en 1980. Me queda la imagen de gente colgándose de las paredes. Era surreal que tantos quisieran venir a vivir en ese país de precariedad, corrupción y terrorismo que fue el quinquenio de Fernando Belaúnde. Era una pésima propaganda para la revolución cubana que, dados a escoger entre el Perú y Fidel, todos esos cubanos se quisieran venir al Perú.

Ya sea cantando que *Burundanga le pegó a Muchilanga* (con Lola Flores), *que siempre habrá vasos vacíos* (con Vicentico), o los temas inmortales de la Sonora Matancera y la Fania, sospecho que lo que mis compatriotas saben sobre Cuba se limita a la guarachera Celia Cruz, la reina del guaguancó. En 1983, los peruanos que vivimos la catástrofe del Fenómeno del Niño, también sabíamos que Celia gritaba pidiendo aquello que tanto escaseaba: *¡Azúcar!*

Fidel era el otro cubano de nuestro imaginario. Era el barbudo del floro barato (si bien alguna profesora cubana me dijo que, al verlo entrar joven y fuerte a la Universidad de La Habana, ella soñó con ser la madre de sus hijos). *Matar a Castro* decían los Hombres G, en la letra de esa canción que yo memoricé a los 14 años, junto a mamonadas españolas como: *polvo picapica*, *cazadora de cuero* y *zumito de piña*. Los G cantaban: Castro saluda, sonríe, y mira y ¡Bow!/ Suena un disparo y empieza a rodar/ Ya lo mató, ya lo logró/ La sangre ha manchado el uniforme del terror.

Poco sabía yo entonces del rol de Cuba en la Guerra Fría. No sería sino hasta 2018, leyendo *The Passages of Power*, el cuarto libro de Robert Caro sobre Lyndon B. Johnson, que entendí, gracias a su vívida descripción de la crisis de los misiles, lo cerca que estuvo Fidel de meternos en una guerra atómica. También lo mucho que tuvo que ver Cuba —y una invasión fallida— con el asesinato de Kennedy en Texas.

En el Perú nunca tuvo chance de triunfar una revolución desde el campo, al estilo de la de Cuba. Al poeta Javier Heraud lo convencieron de lo contrario y por eso sacrificó su vida en la selva, asesinado por los soldados al borde de un río y entre los árboles. He leído algunos textos condenando la lavada de cerebro que le metieron a los becados peruanos que llegaron a Cuba, como Heraud. Sin embargo, el «Premio Casa de las Américas» aún aparece con frecuencia cuando se le pretende dar prestigio a un poeta o narrador que lo ha ganado. De todos modos, yo sospecho que la mayoría de los peruanos siempre hemos creído en una versión de la historia más pegada a la versión de los gringos que a la de los cubanos. Tal vez en eso ayudó mucho Mario Vargas Llosa, a quien recuerdo despotricando en los medios, con mucha frecuencia, contra el sistema cubano. Sus ataques dejaban mal parado a García Márquez, que aparecía de vez en cuando con Fidel, posando para la foto en guayabera, en algún lugar de Cuba.

Yo ya entendía entonces las miserias del imperialismo

—me lo explicó mi tío Pancho, el aprista, con un libro de Haya de la Torre en una mano y un vaso que se rebalsaba de agua en la otra: el agua era la plusvalía que nos prestaban los gringos para luego subyugarnos con la deuda. Sin embargo, nunca me quedaron muy claras las supuestas bondades del sistema cubano.

2.

«Todo sigue igual. Aquí todo sigue igual. Así de pronto parece una escenografía, una ciudad de cartón», dice Sergio en una de las escenas de *Memorias del subdesarrollo*. Sergio ha tomado un telescopio y, desde su departamento en lo alto, enfoca a una pareja besándose al lado de una piscina. Luego mira un barco anclado en la bahía de La Habana. Un fragmento de la película de Gutiérrez Alea es lo único que ven mis estudiantes en Lehman College, en el poco tiempo —una o dos clases— que puedo dedicarle en *History of Cinema*, al cine latinoamericano. Se me ocurre hoy que tal vez no debería seguir poniéndoles la foto del Che y Fidel entrando en La Habana, ni explicar la revolución mexicana poniéndola al mismo nivel que la cubana. Porque de cine mexicano sí que les hablo bastante: desde el Indio Fernández y el humor de Cantinflas hasta el *star system* a lo Hollywood con Pedro

Infante y María Félix. Vemos unos minutos de *Ahí está el detalle*. A veces me da el tiempo para que vean un fragmento de *Los tres García*, de *María Candelaria*, de *Los Inocentes*. Les hablo del nuevo cine mexicano y vemos alguna película: puede ser *Amores Perros* o *Y tu mamá también*. El año pasado puse un pedazo de *Roma*, ese cuando las tropas disparan contra los manifestantes durante la Masacre de Corpus Christi.

En cambio, del cine cubano, mis estudiantes se llevan para reflexionar apenas esos dos minutos de Sergio fisgoneando con el telescopio, preguntándose qué pasó con el monumento que Picasso les había prometido a los cubanos.

Supongo que tengo un déficit de cine cubano. Siento un desbalance notable con México, incluso con Argentina y Brasil —tal vez un poco descabellado compararlos, pero es la magia un tanto ridícula del término que los agrupa: Latinoamérica—. En *Introduction to Cinema* siempre analizamos *Cidade de Deus* codirigida por Meirelles y Lund, y *El laberinto del fauno* dirigida por Del Toro. Uno que otro semestre me alcanza la hora para presentar un fragmento de *La historia oficial*, alguna película de Campanella o *Zama* de Lucrecia Martel. ¿Será que tengo que hablarles —así sea un poquito— de *Fresa y Chocolate*?

Una búsqueda rápida en Google me manda la página *todocuba.org* y una lista de «10 grandes películas cubanas de todos los tiempos». Cuatro de ellas han sido dirigidas por un tal Gutiérrez Alae (sic). Se me ocurre, mientras escribo esto, que tal vez podría complementar mi clase con un fragmento de aquel enorme comediante que produjo la televisión cubana: Tres Patines. Cuánto nos hemos reído los peruanos con *La Tremenda Corte* y ese juez pasmado ante el descaro del buscavidas José Candelario. También podría servirme de *Soy Cuba*, la película del soviético Kalatazov, aunque aquello parece hacer trampa. Termino de escribir este texto y me acosa una sospecha. Tal vez el cine y la televisión cubana sólo sobrevive en el rastro de gente que fue a la Escuela de Los Baños. En el cine latinoamericano, Cuba importa hoy menos que nunca.

Nota al pie: Asustado por mi ignorancia, el profesor cubano Adrián Izquierdo me ha lanzado una bomba: un archivo armado por sus compañeros nacidos en La Habana, con cientos de películas y series cubanas que prometen desasnarme y hacerme olvidar a Tres Patines.

3.

Supongo que Celia Cruz es la mujer cubana que más admiro. Me fui a ver la procesión que siguió a su muerte, antes del entierro. Llovía mucho aquella tarde sobre la

Quinta Avenida. Junto a una pequeña multitud, escuché la misa repetida por los parlantes que apuntaban hacia las calles, mientras miraba la carroza blanca jalada por caballos, estacionada y esperándola frente la catedral de San Patricio. Meses después me fui a Woodlawn a buscar su mausoleo. Me molesté con el guardia, un gringo viejo que repartía una fotocopia de información a la entrada del cementerio, porque no sabía ni quién era Celia ni dónde estaba enterrada.

A los 22 años conocí a una poeta de Lambayeque con la que fui feliz. Llevaba el cabello como Mia Wallace en *Pulp Fiction*. Una noche —en aquellos años de Fujimori cuando, si te besabas con alguien en una calle oscura, te rodeaba la policía o los militares para pedirte papeles— nos pasamos la noche entera dentro de mi auto, en un estacionamiento iluminado, bastante cerca de la pensión en San Borja donde ella se hospedaba. Ella sacó su guitarra y me cantó: «Esto no puede ser no más que una canción/ Quisiera fuera una declaración de amor/ Romántica sin reparar en formas tales/ Que ponga freno a lo que siento ahora a raudales». Desde entonces y para siempre me enamoré de ese tema. Unos años después lo vi a Pablo Milanés, cantándolo a dúo con Sabina, en la Universidad Católica de Lima. Fue esa noche cuando entendí que terminar con aquella mujer fue la peor decisión de mi vida.

Mi idilio con la trova fue breve. Todavía creía en la inepta inocencia de la revolución cubana. No me gustó enterarme de la complicidad de Rodríguez, Milanés, y otros artistas amigos del régimen abusivo de Castro, y me distancié de aquellas canciones que alguna vez cantaba feliz en los huariques de Barranco. Letras que decían barbaridades como: *Estudiar era un pecado/ Clandestino era saber/Porque cuando el pueblo sabe/ No lo engaña un brigadier.* Qué malas que son. Tal vez si mi enamorada de Lambayeque las hubiera cantado, me hubiera quedado un mejor recuerdo. Pero mi poeta sólo cantaba *Yolanda.*

Quién iba a decir que mi historia personal con la tecnología también está marcada por Cuba. Al llegar a Nueva York en noviembre del año 2000 fui a vivir con unos tíos en Mamaroneck, un pueblo a media hora de la ciudad. En mi primera visita a Manhattan, me quedé a dormir en un edificio frente a Central Park, con una amiga peruana que trabajaba de niñera para una corredora de bolsa. Ella me contó que la renta de ese apartamento era de 10 mil dólares mensuales, y que la dueña y su familia estaban de vacaciones, que me podía quedar esa noche allí, con su consentimiento. Que estaríamos solos y podríamos ver una película. Entonces abrió un DVD. Era el primero que veía en mi vida. Se trataba del documental dirigido por Wim Wenders: *Buena Vista Social Club.* Mi madre se llama Tula, así que me partí de risa cuando Elíades

Ochoa comenzó a cantar: *Al cuarto de Tula, le cogió candela/ Se quedó dormida y no apagó la vela.*

Cuando empecé a estudiar inglés en Nueva York, mi primer amigo fue un cubano: Luis, un tipo generoso que trabajaba para McGraw Hill y al que casi había olvidado, hasta hoy. Otra amiga era Hiroko, una japonesa alta y delgada, aficionada a la salsa, que al escucharme hablar bien de los Buena Vista me confesó que era fanática de Los Van Van. Ella y su novio cubano tenían toda su música. Me prestó un par de discos. Unos meses después, una española me invitó por mi cumpleaños a ver a la banda *Orishas* en el Irving Plaza. Ni a Los Van Van ni a los Orishas los quise como a la banda de octogenarios que escuché por primera vez en Nueva York: *Oígame Compay/ No deje el camino por coger la vereda/ Usted por enamorado/ Tan viejo y con poco brillo/ El pollo que tiene al lado/ Le has hecho perder el trillo.* Los nombres de los cubanos Ibrahim Ferrer, Omara Portuondo, Rubén González y Compay Segundo continúan asociados a ese primer DVD, a esa buena amiga, a ese departamento en Manhattan cuyas cortinas se abrían con control remoto y te dejaban ver, desde lo alto, entre los troncos pelados de mi primer invierno, el *Jacqueline Kennedy Onassis Reservoir* de Central Park.

4.

La noche del 10 de febrero de 2020 soñé esto:

Escenario: Mercado de pescadores de La Habana. Interior. Día.

—Los camacos —dice alguien en el mercado.

Yo pregunto: «¿Qué son camacos?».

Nadie se atreve a decírmelo. Parecen dudar. Hay un turista con sobrepeso rondando por ahí, se anima y me lo dice, en voz baja: «cojones». Tras escucharlo, frente a todos, empiezo a decir que esa palabra afeminada es insuficiente para algo que en otros países merece una palabra ruda, varonil: cojones, huevos, bolas, testículos.

Enardecido, me dirijo a mi pequeño público en el mercado de La Habana. Entonces me doy cuenta —detalles que mi sueño no aclara bien— que la marea está subiendo con lentitud, que podría inundarnos. Observo a mi alrededor con desconfianza, y descubro que esa gente está dispuesta a venderme de todo. Hasta lo que no quiero. Me percato de que me van a esquilmar.

De repente, un joven habanero, un comerciante que me ha estado escuchando con atención, me dice que además de tener un puesto de pescado, él y sus amigos organizan talleres literarios. Dice que me puede encontrar gente que me consiga libros y «esas cosas». Yo, emocionado le respondo: «Quiero un tour literario».

En mi sueño, salgo del mercado de pescadores y empiezo a pasear por La Habana. Entro a uno de sus parques y, por algún motivo, empiezo a prestarle mucha atención al césped. Está muy crecido. Me fijo entre las matas altas por si descubro algún animal peligroso, algún bicho del Caribe entre la hierba. No hay nada. Mientras tanto estoy pensando: «Esto es igual que un barrio tranquilo de Lima». Y ahí se acabó el sueño.

Días después, en una reunión en la casa de un escritor en Bay Ridge, le pregunté a mi amigo cubano Adrián Izquierdo, profesor de Baruch College, si «camacos» tenía algún significado. Me dijo que no. Él vive hace décadas en Nueva York pero vuelve con regularidad a La Habana. No tendría por qué mentirme. Desde entonces como que le he perdido la fe a mis sueños. O es que les había dado más crédito del que merecían. De todos modos, aquella nítida visita soñada a la capital cubana fue otra prueba de su poder: la isla me estaba mandando un mensaje.

5.

Este texto iba ser sobre el cine cubano. Sin embargo, se ha convertido en una suerte de recuerdos desordenados. Pareciera que tengo demasiado que decir sobre un país que ni siquiera conozco. Sé que no es justo —ni necesario— pero ya casi acabo.

Todavía quiero visitar Cuba. No por las razones de un amigo peruano que vivía obsesionado con las jineteras de La Habana. Tampoco por la curiosidad que me provocaron las historias de los balseros y los marielitos, desde que lo vi a Tony Montana en *Caracortada*, ni por la belleza de esas postales de una ciudad decrépita por la que se pasean los autos viejos, esas lanchas de cuatro ruedas que en Perú llamamos covadongas. La verdad, no estoy muy seguro por qué. Mucho menos ahora cuando escribo este texto, casi tres meses después de una cuarentena, viviendo una maldita pandemia.

Tal vez convenga aclarar que mi generación —la que nació a principio de los 70— vino al mundo desengañada. Los profetas políticos en las universidades ya no pregonaban «un modelo a seguir». Alan García, nuestro último presidente socialista, dejó tal descalabro que terminó por convencernos de que la idea del gran gobierno era un sin sentido. Si algo se le reconocía en público a Castro: la erradicación del analfabetismo, la calidad de los doctores cubanos, su posición frente a los abusos de los Estados Unidos, se hacía asumiendo que Cuba era una economía en ruinas. Sin desconocer el poder del embargo y la propaganda, nadie negaba que la dictadura funcionaba muy mal.

No sé si hoy soy el mismo que miraba el mapa de Cuba hace 15 años e imaginaba cómo sería llegar a La Habana. O el muchacho que, apoyándose en el mojón de colores plantado para los turistas de Cayo Hueso, se imaginaba cómo sería cruzar el mar Caribe. O el que se esforzaba en 2011 por comprender, tomándose unos mojitos con un viejo cubano al lado de una piscina en Cancún, la razón por la que el anciano y su esposa regresaban todos los años, durante dos semanas: en los días despejados, desde alguna parte de Yucatán, se puede ver la silueta de La Habana.

¿Por qué la traductora ama tanto a Cuba? Fue ella la que me convenció de que nadie ha escrito unas crónicas neoyorquinas tan notables como las de José Martí. Ella se ha peleado con los poderosos que no lo sabían: gracias a ella Martí entró a un par de museos, a unos cuantos libros sobre Nueva York. ¿Es acaso una muestra de respeto hacia Martí? Ella, una progresista con dinero y educación, vive fascinada por Cuba. Ahí en el Maison Kayser mencionó varias veces a los archiveros y bibliotecarios cubanos, que la ayudaban a encontrar los libros y papeles que tanto le servían. Yo, pobre pavo peruano, tal vez me haya comido la propaganda de los gusanos: no veo más allá de Castro y su podredumbre.

Me atrevería a decir que hoy mi interés por Cuba es histórico y literario. Si bien es verdad que quisiera comparar la capital cubana con *La ciudad de las columnas* que describió Carpentier, soy consciente que ningún viaje me podrá decir más de lo que ya he leído o escuchado en las historias de

Sarduy, en la novela de Cabrera Infante, en las aventuras de Mario Conde escritas por Padura, en la *Trilogía sucia* de Gutiérrez, en las canciones de los Buena Vista. Si llego a La Habana algún día, cargado de estos recuerdos para cuando pise Cuba, tal vez sólo atinaré a hacer lo que dice Herman Melville que hacemos los hombres sin saber muy bien por qué: me asomaré a mirar el mar desde el malecón.

Una de mis memorias de Cuba conecta a ese país con éste, mi nueva patria. En 2002, cuando quedarme a vivir en los Estados Unidos era una fantasía, vi *Balseros*, el documental catalán que rastrea la suerte de siete exiliados cubanos. El mensaje no es esperanzador. Se me quedó grabado un estribillo: «Un carro, una casa, una bella mujer», el coro de la canción de Lucrecia, que cobraba sentido siguiendo esas historias de quienes parecían haber arriesgado el pellejo por un sueño absurdo. El documental te refriega esa advertencia de la propaganda castrista: el capitalismo es un monstruo que se comerá tu alma.

Mucho más interesante es otro video de 2019, una entrevista al artista y profesor Luis Soler, donde éste cuenta sin mayores aspavientos, cómo sobrevivió a un huracán, a un naufragio, a la septicemia y a los tiburones del Caribe. Soler dice que estuvo amarrado a una cámara neumática, con la pierna desgarrada, pidiendo morir hasta muy poco antes de que apareciera el barco de los guardacostas para rescatarlo. También dice que disfruta de su vida en los Estados Unidos y que no se arrepiente. En *Turcos en la niebla*, el escritor y profesor cubano de NYU Enrique del Risco pone en la boca de uno de los personajes esta acusación contra su madre: «Lo que no le perdono, al menos en esta encarnación, es obligarme a nacer en aquella isla abominable».

Para terminar, se me ocurre que a los cubanos que he conocido en Nueva York, mal no les ha ido. Mucho mejor que a Martí. Es verdad que los míos quizá no son una muestra representativa de la inmigración cubana: son profesionales e intelectuales. Me consta que todos ellos sí tienen una casa (o apartamento). Tal vez no tienen un auto, innecesario si vives en Manhattan, pero todos sí —tal vez con la excepción del energúmeno— comparten su vida con una bella, inteligente mujer.

Hernán Vera Álvarez, a veces simplemente Vera, nació en Buenos Aires en 1977. Es escritor, dibujante y editor. Realizó estudios de literatura en FIU (Florida International University) donde actualmente trabaja como profesor. Imparte talleres de escritura creativa en distintas instituciones, entre ellas, el Koubek Center del Miami Dade College. Ha publicado *Los románticos eléctricos*, *La librería del mal salvaje* (Florida Book Awards 2018), *Grand Nocturno*, y *¡La gente no puede vivir sin problemas!* Es editor de *Don't cry for me, América* (International Latino Book Awards 2020), *Escritorxs Salvajes*, *Miami (Un)plugged* y *Viaje One Way*. Varios de sus relatos fueron incluidos en *Estados Hispanos de América: Narrativa latinoamericana made in USA* (2016), *Los topos mecánicos* (2018) y *Pertenencia: Antología de narradores sudamericanos en Estados Unidos* (2018). Muchos de sus trabajos también han aparecido en The Kong Kong Review, Hostos Review (CUNY), El Nuevo Herald, Latin American Literature Today, Meansheets, Nueva York Poetry

Review, Loft Magazine, El Sentinel, Clarín, La Nación. Ha entrevistado a Adolfo Bioy Casares, Carlos Santana, Ingrid Betancourt, Gyula Kosice, Sergio Ramírez, Maná, Gustavo Santaolalla, Gustavo Cerati, entre otros. Vivió ocho años como un ilegal en los Estados Unidos donde trabajó en un astillero, en la cocina de un cabaret, en algunas discotecas, en la construcción.

Reinaldo Arenas en la Pequeña Habana

Cuando las celebraciones en la Pequeña Habana se multiplican a lo largo de la ciudad e inevitables producen un arco en el tiempo que trae nombres de personas que han fallecido, pienso en Reinaldo Arenas. Cómo hubiera querido el autor de *Antes que anochezca* estar presente en esa caravana que hoy en Miami no festeja la muerte de un dictador sino algo mucho más grande: el fin de una época de malos entendidos y el comienzo esperanzador de otra menos ruin.

Arenas fue uno de los tantos escritores que padeció la persecución del régimen de Fidel Castro. Uno más de los que tuvieron que abandonar Cuba para seguir con su literatura en el exilio. Antes le había tocado el turno a Lino Novás Calvo, Lydia Cabrera, Cabrera Infante, Norberto Fuentes, Severo Sarduy. Los que no pudieron hacerlo, como Lezama Lima y Virgilio Piñera, se resignaron a vivir en una marginalidad al borde de esa Historia con mayúsculas que pregonaba construir el comunismo.

Oponerse a Castro les valió a los autores cubanos no sólo el exilio sino también el escarnio de muchos intelectuales de

Occidente que miraban sólo lo que deseaban ver, hablaban maravillas de un país bajo una dictadura, del «hombre nuevo…» Eran los mismos que luego de afirmarlo volvían a sus hogares en París, Barcelona, Buenos Aires, Santiago de Chile. Los mismos, para el caso, que criticaban a Estados Unidos, pero no dudaban en pedir jugosas becas ni dar clases en sus universidades de prestigio.

En ese malentendido el caso de Heberto Padilla marcó un quiebre. El escritor publicó en 1968 el poemario *Fuera de juego*. Con la misma lógica de pesadilla que mostraría la Revolución a lo largo de los años, por el libro el autor mereció el premio de la Unión de Escritores y Artistas Cubanos, a la vez que lo condenaba a la cárcel y posterior exilio. La razón: mostrar una mirada nada complaciente con el gobierno de Castro. A partir de ese momento Mario Vargas Llosa no quiso saber nada más con el régimen, Julio Cortázar mostró una posición escurridiza y Gabriel García Márquez siguió apoyándolo hasta su muerte.

Con los años la isla se volvió un terreno demasiado hostil para otros escritores. Recién en 1980 Arenas pudo escapar en una embarcación bajo lo que se denominó «El éxodo del Mariel», cuando más de 125.000 ciudadanos cubanos salieron del país con destino a los Estados Unidos.

Fidel Castro en una jugada de las suyas abrió las cárceles para que criminales también partieran en esos barcos y llegaran a las costas de Miami. Con Arenas viajaban los escritores Luis de la Paz, Carlos Victoria, Juan y Nicolás Abreu Felippe, entre otros intelectuales que en tierra extranjera tuvieron que hacerse de un lugar y sacarse el desprestigio con que muchos los asociaban.

La sangría de escritores ha continuado en la isla. Los dictadores de ayer y de hoy siempre han visto a los libros como lo que realmente son: artefactos perfectos de ideas y belleza. La muerte de Castro hoy ocupa las tapas de los diarios, pero sabemos que lentamente les cederá el espacio a otras noticias. La obra de Reinaldo Arenas como la de tantos otros escritores cubanos sigue allí, saludable e iconoclasta como cualquier celebración que honra el derecho a la libertad.

Gisela Heffes es escritora y profesora de literatura latinoamericana en la universidad de Rice (Houston). Con Jennifer French acaba de concluir *The Latin American Eco-Cultural Reader*, una antología extensa de textos culturales y literarios sobre el mundo natural en América Latina (2020), y junto a Carolyn Fornoff, el volumen *Pushing Past the Human in Latin American Cinema* (2021), el que intenta crear un diálogo entre el cine latinoamericano y las recientes teorías de poshumanismo y ecocrítica. *Sophie La Belle* (edición bilingüe con imágenes de la autora, 2016), la novela *Cocodrilos en la noche* (2020) y la colección de poemas bilingüe *El cero móvil de su boca / The Zero Mobile of Its Mouth* (2020), son sus ficciones más recientes.

Fotografías

Cuba es sólo la excusa para hablar de algo más. Ahora, al evocar su nombre, asoma una memoria vaga e imprecisa. Fue en el año 1989: eso sí lo recuerdo. Un año paradigmático. Viajé con mis padres y mi hermano a La Habana, Varadero y Cayo Largo. Hija de una familia viajera, mis padres aprovecharon la primera oportunidad que se les había presentado. Fue a través de una amiga de mi mamá, quien trabajaba en una agencia de turismo. Lo intento, pero no puedo redimir su nombre.

Aterrizamos en uno de esos hoteles lujosos, inaccesibles para los cubanos. Recuerdo confusamente el espacio. Las paredes. El suelo. La playa a lo lejos. El mar. Un recuerdo indefinido. Quizá fueran los intervalos temporales lo que borronearan las imágenes. O quizá fuera la distancia geográfica, implantada sobre un tiempo dilatado. Preservo, sin embargo, una imagen nebulosa en la que sólo resaltan ojos. Y en su interior, como cuencas marinas, miradas dispersas, contingentes, imprevistas.

Un amigo me invitó a escribir sobre Cuba. ¿Qué puedo

decir sobre Cuba? ¿Yo, una argentina expatriada? Quizá mi amigo supiera, en secreto, de mis fotografías. De mi aprensión a esas imágenes desdibujadas. Quizá fuera un gesto de afecto: obligarme a rescatar lo que había sepultado durante el devenir de tantos periplos. Viajé a Cuba cuando nadie, casi, viajaba. Nadie, excepto la CIA. 1989. El turismo había sido proscrito hasta entonces. Pero ese año se abrió, gracias a la caída de la Unión Soviética. Gracias, en sentido estricto, no es la palabra adecuada. Pero no sé cómo decir lo opuesto de gracias. ¿Cuál es el antónimo de gracias? Ayuda, por favor.

El turismo se abrió como necesidad. Como búsqueda. Como sobrevivencia. Y ahí llegué, arrastrada por mis padres, una adolescente hambrienta por conocer, ver, sentir, palpar un mundo que había empapelado mis paredes de palabras. De imágenes. Y no era esa la fotografía de la que hablo, sino otras. Una, presumo, construida a partir de deseos, percepciones, fantasías. Lo que había leído se me imponía como una torsión. Una exigencia que no había provocado, al menos, con un conocimiento *a priori*. Era la Cuba de Lezama. La de Carpentier. La de Arenas. Sarduy, Cabrera Infante. La Cuba que releería luego en la universidad. Una lectura, sin duda más prolija. Pero no estaba ahí aún, ni mis lecturas. Todo era en efecto caos. Azar. Un entusiasmo vehemente me acompañaba, pero yo no lo sabía. Porque desconocía tanto.

Regreso a Cuba. Una invitación. Una oportunidad. Volver a Cuba. ¿Y entonces? Inexistencias presuntas. Un vacío inmenso que se abre como un cuerpo celeste. Llegar a esa imagen, que es una fotografía. Una serie de retratos tomados durante un periodo de quince días. Ese es mi objetivo. Es ahí, enfatizo, donde reside la médula de lo que busco. Una adolescente que explora por medio de un ojo equívoco las paredes empapeladas de palabras que en algún momento ornamentaron sus tardes de verano. Muros suspendidos cuyas alegorías evocaban el mar; otras que olían a algas o criaturas abisales. Muchas más, exhumaban delicias o lecturas. De esas dos semanas que pasé en la isla con mi familia se destaca un taxi cuyo conductor –posiblemente huraño– no quiso revelar donde vivía Fidel porque de Fidel, declaró, nadie sabía nada de nada: ni dónde vivía, ni qué comía, o cuáles eran sus hobbies favoritos. Excepto que visitaba al pueblo cubano a diario: una aparición que se materializaba a través de la cadena nacional de televisión.

También se me había dado por escribir. Emulaba a los escritores que más admiraba. Pero mis escritos no eran más que garabatos incomprensibles, puntos o manchas en tinta negra que desenterraban galaxias translúcidas; guiños textuales irreconocibles, palabras opacas que labraba a expensas de calamares imaginarios. Esos garabatos absurdos, dotados de inconsistencia. Los atesoraba en un cajón de mi placard. Un cajón especial, donde guardaba, no sin recelo, un acervo de objetos: diarios, cartas, notas, fotografías. Un placard que se vació íntegramente cuando me fui a vivir al exilio. Un placard que ordenaba mis pensamientos, mi pasado, mis amores, mis amistades, mis recuerdos. Y que quedó vacío. Con mi destierro, se cerró el capítulo del placard. Y con este, también el de Cuba. Mucho después, esto es claro, que mi amigo me incitara a escribir sobre Cuba. ¿Incitar? ¿Estimular? Rememorar una Cuba que se había extinguido cuando despareció de mi vida el placard, y con él sus objetos, las cosas que no pude traer conmigo.

Pero no es que al partir le perdiera el rastro. Sino que dejé de pensar en él. De imaginarlo, de recrearlo mentalmente. Dejé de reflexionar en sus cajones de madera, en su olor, en el polvo acumulado en las esquinas. Ahí, donde mi serie de fotos cubanas descansaban, luego de haber sido acomodadas metódicamente en un álbum de plástico trasparente. Ahí dormían mis fotografías, y junto a ellas, se arropaba el mar, la playa, la arena, los ojos, las miradas. Los monumentos grandilocuentes, el malecón. La triada Castro-Guevara-Cienfuegos. Es curioso como el olvido es más susceptible a la muerte.

Cuando mi mamá se mudó, cuando tuvo que deshacerse de todo para «achicar», para trasladarse a un espacio más reducido. Cuando. Cuando. En ese irse, en ese desplazamiento, ese itinerar dentro de la ciudad, mi ciudad, dentro del barrio, mi barrio, Palermo-Palermo, un trayecto intrínsecamente diminuto, apenas unas cuadras, un mapa casi sin pliegues, y un transitar cuanto menor que el mío, todo mi mundo, de manera irreversible, desapareció. Fotografías organizadas o sueltas, se esfumaron. Se desvanecieron los escritos, los diarios, los lápices, las cosas que coleccionaba y ni siquiera recuerdo. Cartas de amor de un novio cuyo nombre se había hecho eco de la triada; la ironía. El destino que se muerde la cola. Se persigue y aun así, no atina a descubrirse. Sé de las cosas que se disiparon, pero no recuerdo, no puedo recordar qué más. ¿Qué más? Días adheridos a páginas con fechas; las palmeras enroscadas al papel de las imágenes, y al azul violentado por el paso del tiempo; el océano escurriéndose a pesar del pegoteo de los álbumes. Desapariciones dobles.

¿Y Cuba? Todo ese conglomerado de evocaciones dejó de estar. Perdió su sustancia. Y ahora, cuando un amigo querido me insta a escribir, a dejar que me conecte con Cuba como no lo hice, quizá, desde que estuve ahí, sobre La Habana en particular, no puedo sostener esa imagen mía de adolescente irreverente frente al edificio que ostenta, también algo borroneada, una cita de Fidel, para despertar ese frasco que encapsula tanto más, porque podría ver la remera que usaba, los chicos detrás, sus ojos vívidos, la fuente, las veredas, el color de las baldosas, y esa colita tan atrevida e incoherente que amarrara todo mi pelo, largo y castaño, ondulado, suave y brillante a pesar de la humedad marina, y la sal. No puedo recuperar esa Cuba, esa Habana de la cual me invitan a escribir. Por esto mismo, no es una escritura lo que intento, sino una reescritura. Una apropiación textual de signos e impresiones. Y mientras busco su fisonomía por pasillos y corredores deshabitados, no la puedo aprehender. No puedo asirla. Alargo mis manos para sujetarla, pero se deshace. Se evapora entre mis dedos. Siento el vaho en la piel, casi como una polvareda fina. ¿Existirá Cuba? ¿Digo, mi Cuba? Algo sí retengo: los ojos incisivos de unos chicos muy pequeños que se amontonaban a nuestro alrededor para pedirnos dinero. O para contarnos que escuchan la radio de Estados Unidos, que captan la frecuencia, tan cerca estaban, al fin y al cabo.

Este es un ensayo sobre la memoria. Los vestigios que van quedando tras el destierro. Los traslados que ordenan los recuerdos. Porque el recuerdo no organiza la distancia. El recuerdo no planifica la geografía ni dispone del espacio. Nos gustaría pensar que es la memoria quien organiza nuestras geografías, nuestros espacios, nuestros itinerarios, nuestros trayectos. Querríamos pensar que es posible resguardar el recuerdo. Pero el pasado se inmola en aras de lo que viene, de lo que nos va alcanzando, tocando, como objetos sin materialidad. Como las olas de mar en una isla caribeña. Entonces esas imágenes detenidas, borradas, esas fotografías mentales, amarillentas en las puntas, cuyos contornos se encuentran carcomidos, y van perdiendo el color, la forma, la densidad de su materia, nos interpelan. Interpelan cada uno de los puntos que delimitan territorialidades dentro de una cartografía existente, una que a su paso fue dejando atrás retratos rebeldes, sabores, olores, vivencias que podrán —o no— ser recuperadas. En el papel desgranado y las líneas ajadas albergo los recuerdos de Cuba.

Yo era una adolescente curiosa, pero también crédula. Les daba dinero a los chicos no porque yo tuviera mucho, sino porque ellos tenían menos. Espiaba a los cubanos que tiraban la basura o limpiaban los pasillos del hotel, y hablaban una multiplicidad de lenguas. Recelaba que no podían hablarnos. Que no se les permitía acercarse a nosotros, aun cuando éramos argentinos. No italianos, no alemanes, no yanquis. Argentinos. Latinoamericanos. Turistas de habla español, castellano. Argentinos amados en Cuba porque simbolizábamos al Che, al comandante, su entrañable transparencia, pero, así y todo, turistas. Separados, coartados, aislados. Resentí el paisaje ambivalente, entre paradisíaco y sombrío. Quise comprar un recuerdo, pero tampoco me dejaron.

Viajamos a Cayo Largo en una avioneta chiquitita. No nos llevaron a Guantánamo. No nos mostraron la ruina, la pobreza, la basura acumulada que nadie retiraba. Saqué todas mis fotos con una Polaroid. Fotografías que se tornaron efímeras. Descomposiciones que habitarán, imagino, un relleno municipal de la provincia de Buenos Aires, junto a toneladas de desechos. Eso es Cuba para mí: un recuerdo intermitente. Una serie de fotografías apolilladas por las dobleces del tiempo, la distancia. El impasible devenir del olvido.

Gabriel Goldberg (Buenos Aires, 1965) es abogado por la Universidad de Buenos Aires, Máster en Leyes por la Universidad de Harvard y Juris Doctor por la Universidad de Miami. Realizó tareas de docencia e investigación en su tierra natal y en el exterior. Su primera novela, *La mala sangre*, fue publicada por la editorial Interzona de Buenos Aires (2014). En mayo de 2015, el diario argentino Clarín publicó su relato «Hiroshima en la ribera uruguaya», en su suplemento Mundos Íntimos. En octubre de 2016 publicó el cuento «La chica de la vaca en la antología *Miami (Un) Plugged* editado por Suburbano Ediciones y su cuento *«Nine eleven»* fue seleccionado para ser incluido en la antología *Pertenencia: Narradores sudamericanos en Estados Unidos* publicado por Ars Communis en marzo de 2017. En octubre de 2018 fue invitado por la Miami Book Fair a dictar un taller literario titulado: Todos somos escritores, el diario personal como torrente de inspiración literaria. Actualmente, trabaja en la preparación de un libro de relatos.

Néstor Almendros, un catalán que supo ser cubano

...su arte era una combinación infrecuente de exquisitez y eficacia:
una delicada y armónica relación entre verdad, dramatismo y plasticidad
que le convirtió en uno de los grandes creadores de luz de nuestro tiempo.

Ángel Fernández-Santos

Terminaba el otoño de 1988 y estaba decidido: aun en contra de los deseos de mi padre, abandonaría los estudios de tercer año de Psicología en la Universidad de Buenos Aires para instalarme en California o Nueva York y estudiar cine. Sin que me importara lo que pudiera interpretarse como un retroceso, planeaba volver a empezar para, entonces sí,

---

Quiero iluminar el fuego con el fuego

La presencia de Néstor Almendros en la cinematografía contemporánea marca un punto de inflexión al dirigir el foco hacia el arte del director de fotografía. Logró definir pautas atrevidas e innovadoras, tan características en su obra, con las que definió claramente el principio filosófico de su estética: el desafío de crear una atmósfera visual diferente y original en cada película, aun para cada secuencia; la obsesión por obtener siempre variedad, riqueza y textura en la luz. Almendros era un enemigo de los dogmas; apenas respetaba las leyes de la óptica. A los dieciocho años, Néstor Almendros llegó a Cuba, solo, en un buque desde

terminar una licenciatura en Artes Cinematográficas. Ante todo, por primera vez en mi vida, elegía responder a mi gran amor: la fotografía cinematográfica. Había estado tomando cursos con maestros, como Rodolfo Hermida y Andy Goldstein, un defensor de la pureza fotográfica, del universo infinito del blanco y negro, de la iluminación por zonas; el que me enseñó a valorar lo que ven nuestros ojos, a mirar el mundo con un 50 mm, despojado de artificios y de forzados efectos especiales.

Paradójicamente, fue mi papá quien durante años ejerció una influencia decisiva en ese sentido. Él se compraba todo lo que fuera el último grito de la tecnología alemana y japonesa, la Voigtlander, una Leica, luego una Nikon. Se enloquecía experimentando con distintas técnicas de fotografía fija en 35 mm. Llegó incluso a montar un cuarto oscuro en casa dentro de un baño olvidado del piso de arriba. Tampoco se

España, para reunirse con su padre, ya establecido en la ciudad de La Habana. Ahí estudió Filosofía y Letras, más por complacer a su familia que por su propio gusto, pues era el cine su verdadera pasión. Paradójicamente, en La Habana no había cineclubes, ni revistas especializadas en el tema, pero era en ese momento un lugar privilegiado para ver cine. Había muchísimas salas y se importaba una enorme variedad de cintas internacionales. Incluso, allí se pudo ver material pornográfico antes que en ciudades europeas como Copenhague. Un año más tarde, junto con unos compañeros de la universidad, compró una cámara de 8 mm y se pusieron a hacer películas amateurs. Una de ellas, que rodó con Tomás Gutiérrez Alea, fue *Una confusión cotidiana*. Muda e inspirada en un relato de Franz Kafka, contenía entradas y salidas constantes del cuadro, así como, también, acciones paralelas, y que resultó una experiencia magnífica para aprender montaje.

mantuvo ajeno a la fascinación que afiebró a los aficionados con la llegada de las máquinas portátiles de Super-8. En suma, no había salida familiar que no calificara como excelente oportunidad para retratar y registrar secuencias de movimientos. Mi padre siempre iba con el pecho cruzado por las cintas de cuero de las que colgaban el fotómetro, la filmadora y un par de cámaras de fotos, una, con un fijo de 50 mm y la otra con un tele corto, siempre atento a retratar los rostros de quienes fuimos. Me acuerdo bien de cuando se compró una moviola para visionar sus películas en Super-8. Tendría yo apenas seis años. Pronto mi papá traería a casa una maquinita, que entendí que servía para cortar y luego pegar las secuencias del celuloide seleccionado. El inolvidable líquido que se usaba para pegar, ese olor a acetona que me fascinaba; venía en un frasco de vidrio esmerilado con un pequeño pincel. Nunca fui muy respetuoso de sus

[...] *La Habana es una ciudad preciosa y ya no pienso ir a La Florida como antes. Nos quedamos aquí con mi padre. Es una ciudad muy alegre y con mucha libertad y está llena de cines y diversiones. Pasé todo el viaje con un mareo continuo, interrumpido solamente por las escalas a los puertos. Vi muchas ciudades, algunas interesantísimas como: Vigo, Lisboa, Tenerife, etc, etc, pero sobre todo Nueva York. Anduve solo por la ciudad con un mapita como único guía y el poco inglés que sé. Vi muchísimas cosas, todo lo que me fue posible pues solo estuve allí un día. En el barco hice muy buenas amistades y ahora ya en tierra aún más. Aquí hacen [exhiben] películas modernísimas y de todos los países, hasta chinas. He visto «Enamorada» por María Félix [...].*

Fragmento de una carta de Néstor a su amiga Hortensia Albertos.

advertencias cuando señalaba que esas cajas en su escritorio nadie las podía tocar. Yo lo entendía como un guiño hacia mí, para que fuera y abriera y tocara y desarmara.

Fue a esa temprana edad cuando descubrí la magia de pegar retazos de películas para luego proyectarlas contra la pared del living en interminables sesiones familiares. Esas secuencias de clips eran un rescate de torres de carreteles con los brutos de cámara que mi papá filmaba: en la vereda de la casa del pasaje Florencio Balcarce, en el monumento a Simón Bolívar del Parque Rivadavia y los fines de semana en la cancha de fútbol del club. Aunque era Mar del Plata, sin dudas, su plataforma de prueba preferida: en la arena mojada de la playa Bristol, se acuclillaba sigilosamente, mientras con mi hermana menor intentábamos construir volcanes cerca del mar; interrumpía las partidas de truco, agitando una mano para pedirnos que miráramos a la cámara; o

Antes de la Revolución, Almendros ya había vivido en Estados Unidos y Europa. En Nueva York estudió bajo la dirección del cineasta de vanguardia Hans Richter del Institute of Film Technique del City College. Fue a la costa oeste para descubrir el verdadero Hollywood, tan idealizado. Luego, en Roma, estudió en el Centro Sperimentale di Cinematografia, donde se encontró con el neorrealismo italiano, que terminó decepcionándolo al igual que el Centro, en el que se convirtió en el gran ausente. El cine amateur, sus lecturas y su experiencia como espectador, habían sido su mejor formación. Lo único que le aportó el Centro fue el aprender cómo se ilumina una escena. Y, como era de esperar, se rebeló junto con sus amigos, Luciano Tovoli, Guillermo Angulo y Manuel Puig, ante lo que consideraban técnicas y enseñanzas obsoletas.

Almendros provenía de una familia forjada en el magisterio republicano

ENVIADO ESPECIAL | 20 escritores hispanos retratan su relación con Cuba

corría para capturar nuestra imagen en movimiento cuando patinábamos en la rambla cerca del monumento a los lobos de mar. Con los años me daría cuenta de que aquellos viajes a la costa habían sido los últimos universos de escape en los que pudimos disfrutar de su presencia. Lentamente su vida iría cambiando de trayectoria para orbitar de lleno alrededor de altas responsabilidades con una gran exposición en la vida política: su éxito empresarial que le permitiría comprar instituciones médicas, un continuo desempeño en el campo de la salud pública, y su activo compromiso, ya como presidente de la pujante comunidad judía argentina, en la etapa de la consolidación de la democracia.

Cuando elegí cursar la asignatura Medios Audiovisuales, que exigía un cortometraje como requisito para aprobar, había decidido que ya era el momento de abandonar la carrera de Psicología. En esa época, con Natalio, mi mejor

español. Su padre, Herminio Almendros que se desempeñaba como pedagogo y escritor, fue particularmente perseguido por la Gestapo, al instalarse la dictadura franquista en España. Herminio Almendros fue ayudado en 1939 por su amigo, el escritor Alejandro Casona (posteriormente exiliado en Argentina), a huir hacia Cuba. Su mujer y sus tres hijos, Néstor, Sergio y María Rosa, fueron acogidos por sus abuelos, que vivían en el pueblo de Calders.

La represión y persecución franquista contra la totalidad del Magisterio republicano fue atroz. De ahí que el exilio fuera masivo, 500 mil personas. Al padre de Néstor Almendros el proceso revolucionario lo situará en un mundo de esperanza, y ahí vivió, junto con su esposa, también maestra, María Cuyás, hasta su muerte ocurrida en 1974. Lo cierto es que la vida y el trabajo amigo, hacíamos un curso de realización en video dictado por Rodolfo Hermida, que entre otras maravillas hiciera *El galpón de la memoria* y *El monitor argentino*. Trabajamos en equipo para preproducir, grabar y editar durante dos intensos meses un corto al que titulamos *Tumor catódico*, y que me aseguraría dos cosas: aprobar con una buena calificación esa materia y darme cuenta de una vez por todas de que era eso lo que me apasionaba y no la idea de sentarme todos los días en un sillón a escuchar los problemas de otras personas. Fue así como en los primeros días del mes de mayo de 1988, munido del visto bueno de mi padre un poco forzado, asistí a la despedida que me organizaron mis amigos más cercanos y un domingo por la noche despegué rumbo a California en un vuelo de Aerolíneas Argentinas. En ese estado sobre la costa oeste, a cinco horas de diferencia con Buenos Aires, estudiaría inglés de manera intensiva para

desempeñados por Herminio Almendros hasta ahora no han sido justamente estudiados; en parte, por su posición personal de autoexamen, que no lo llevó a tener problemas políticos con el régimen, pero que sí le valió la opacidad. Herminio Almendros fue quien introdujo el método Freinet en la educación en España, pero que inexplicablemente fue rechazado en la isla. María Rosa Almendros Cuyás, su hija, resguarda celosamente toda la documentación, cartas, escritos, originales, entre otros, y no pareciera dispuesta a permitir que se den a conocer. Con Néstor mantuvo en alguna época una agria polémica, cuyo resultado fue la publicación de un libro de Herminio Almendros, *La escuela moderna, ¿reacción o progreso?* Algo afortunado, ciertamente, pero que no alcanza a hacer justicia a este gran pedagogo.

Luego de finalizar los cursos en el Centro Sperimentale di Cinematografia, dar los exámenes requeridos por la universidad para ingresar a la carrera de Artes Visuales Cinematográficas. Para septiembre ya los había rendido, con calificaciones tan altas, que los que entendían del sistema me aseguraron que estaba prácticamente garantizada la aceptación en alguna de las dos universidades que tenía como opciones: la Universidad del Sur de California, donde seguían la escuela de George Lucas y Stephen Spielberg, y la de Nueva York, marcada a fuego por la impronta de un tipo como Martin Scorsese, que incluso era profesor en esa institución. Luego de haber vivido esos cinco meses en California y de haber visitado el campus y las oficinas de Admisiones de la universidad que tanto me tentaba, consideré que ya era hora de tomarme un vuelo costa a costa, explorar la vida en Nueva York y empaparme de todo lo que tuviera que ver con la posibilidad de estudiar en esa maravilla que está enclavada en el Village.

trató infructuosamente de conseguir trabajo dentro del cine italiano. No quería volver a Cuba, ya que Batista seguía en el poder, y en España sucedía lo mismo con Franco. Decidió entonces dar un giro importante en su geografía y llegó a Nueva York para ocupar una vacante como instructor de español en el Vassar College. Como Almendros siempre lograba capitalizar de alguna manera sus esfuerzos, con sus ahorros compró una Bolex de 16 mm y volvió al cine amateur los fines de semana. La víspera de Año Nuevo realizó el corto *58-59*, donde una gran multitud se reúne en Times Square y la calle 42 para los festejos. Fue su primera película completa, un corto de ocho minutos, que incluyó, además, sonido, títulos de crédito y hasta la palabra «Fin». En ella logra captar la gran tensión que se acumula entre ese mar de gente, mientras las agujas del reloj van arribando a las doce. El inicio del año de 1959 llegó junto

Promediaba la mañana de un helado día de noviembre, y mientras redactaba ensayos y completaba las decenas de formularios que componen los infames y tan temidos *«application forms»*, sonó el teléfono de la habitación que alquilaba. Era la señora Perla, la secretaria de mi padre, que me anunciaba que el doctor quería hablar conmigo. Con voz de ultratumba, mi papá describía la difícil situación por la que atravesaban las empresas de la familia; «hay lujos que por el momento no podemos darnos» —remarcaba—, y que debíamos comportarnos de manera austera, que necesitaba de mi ayuda, que el hospital había sido tomado a la fuerza por los trabajadores, que la economía argentina zozobraba, que habíamos entrado en una espiral de hiperinflación, que había muchísima incertidumbre, y que, lamentablemente, a pesar de que pronto comenzarían las clases, era necesario que regresara de inmediato. Pero que, al menos, estaríamos

con el triunfo de la Revolución cubana, y fue el momento en que Almendros decidió volver a la isla. Era una atracción irresistible. Almendros y Cabrera Infante se habían conocido en un cine, antes de que Néstor se marchara a estudiar a Roma. Desde ese momento compartieron su pasión: fundaron el primer cineclub de La Habana, que posteriormente llegó a ser la famosa Cinemateca de Cuba. Colaboraron a distancia siendo Cabrera Infante jefe de la sección de cine de la revista *Carteles*, con las novedades cinematográficas europeas, que le hacía llegar Almendros.

Con la experiencia ganada luego de rodar más de veinte documentales, fue contratado por el Instituto Cubano de Arte en Industria Cinematográfica (ICAIC) como operador y director. Contaron a favor de Almendros su doble exilio político, sus estudios en Nueva York y Roma, y por supuesto, la todos juntos, acompañando a Sergio, mi hermano mayor, que se casaba antes de fin de año. En un principio intenté negarme, le explicaba que no quería distraerme, y que sería una lástima, ya que solo me faltaba recibir las cartas de aceptación. Pero insistió y él sabía bien cómo someterme; subió la apuesta volviendo a mencionar que necesitaba de mi apoyo para resolver cuestiones críticas para el futuro de la familia y fue ahí cuando me lanzó su ultimátum: «No te estoy dando a elegir, Daniel, Perla ya te hizo la reserva, regresás el jueves.» Solo escuché un click metálico que daba por concluida la cuestión.

A los pocos días, aterrizaba en Ezeiza. El vuelo fue complicado; no había pensamiento que me consolara. Estaba tan enamorado y creía que ya todo sería para un nunca más. Sabía que estaba perdiendo un gran amor al que había cortejado con esfuerzo y disciplina. Al llegar, me encontré

cámara Bolex que traía consigo. Con Gutiérrez Alea, una antigua amistad, comenzaron a producir películas de temas políticos y educativos, como la reforma agraria y la educación, filmadas casi todas en el campo. En ese doble papel que le fue otorgado pudo por un par de años disfrutar de la libertad de decidir la naturaleza misma del encuadre, los movimientos de cámara, la coreografía de los actores, la iluminación, la atmósfera visual, incluso de cada escena, y elegir con qué objetivos trabajar.

En 1961 la industria cinematográfica fue nacionalizada en su totalidad y puesta bajo el dominio de Alfredo Guevara Yaldés (ninguna relación con el *Che*). Alcanzó un momento de agudo hartazgo al filmar lo mismo de lo mismo, bajo las imposiciones de Guevara. Y ahí comprendió que sometido a esa autoridad oficialista, ya no trabajaba para el pueblo, sino para un monopolio con un país que se caía por el precipicio. El plan Austral había fracasado; el dólar, por las nubes; gente agolpándose en las casas de cambio para intentar deshacerse de inmediato de sus australes; los restaurantes no podían cobrar a sus comensales por no tener precios para la comida; escasez de comestibles; desabastecimiento en los supermercados; cortes masivos de energía eléctrica; saqueos y disturbios frente a los bancos y los comercios, y racionamiento de combustibles (la nafta aumentaba tres o cuatro veces por día, solo se podía llenar hasta un cuarto de tanque, cuadras y cuadras de autos haciendo cola, estaciones de servicio con batallas campales por mangueras cruzadas y bidones vacíos). Y por si esto fuera poco, otro alzamiento de militares rebeldes, que se sublevaban y tomaban un regimiento para presionar al gobierno democrático para que pusiera un punto final a los juicios por delitos de lesa humanidad cometidos por las

estatal. Como era su costumbre, para aliviar la opresión decidió comenzar a filmar un cortometraje en su tiempo libre: *Gente en la playa*. Con retazos de cintas sobrantes de otros trabajos, filmó a pleno sol en los exteriores, y en los cafetines de alrededor, algunas escenas interiores, sin compensación para las sombras, recortando las siluetas contra el mar deslumbrante: "Quise trabajar con elementos en bruto para romper el mito de la luz artificial». Cuenta el propio Almendros que rodaban «una película oficialista de largometraje titulada *Cuba baila*, con una escena en un autobús, tan iluminada que había más luz dentro que fuera. Yo, que en aquella época era muy insolente, dije que querían imitar a Hollywood, y que estaban haciendo una iluminación falsa. A raíz de esto y de otras cosas, paradójicamente empezaron a decir que yo era un contrarrevolucionario».

fuerzas de seguridad durante la última dictadura militar. También me sorprendieron los preparativos para la boda de mi hermano, que incluían una celebración fastuosa, desbordante de grandilocuencia y excesos. Esto evidenció claramente que la imposición para que volviese había sido una flagrante manipulación, como siempre, por medio del dinero. No era cierto que no había recursos para ayudarme con mis estudios; quedaba claro que mi padre no me apoyaba con la elección de mi futuro profesional. Siempre había presionado para que fuera médico o abogado. (Repetía hasta el cansancio: "Qué bien nos vendría que uno de los nuestros fuese un prestigioso letrado»). Los tres años de psicología los había cursado bajo un constante disimulo, prometiendo que ya rectificaría mi curso. Para él primero había que recibirse de médico y luego se podían hacer otras cosas, tal vez, incluso, psiquiatría. Pero nada de inventos ridículos como cine o

La represalia no se hizo esperar y la sala de montaje donde trabajaba Almendros fue clausurada y todo el material incautado, y laboralmente fue trasladado a la revista *Bohemia*. Este fue un golpe duro para Néstor, ya que entre sus cosas se encontraba *Gente en la playa*. Pero meses después, por un descuido burocrático, le fueron entregadas de nuevo las llaves de la sala para que se encargara de montar un documental para la televisión oficial. Al entrar al local, Almendros se llevó un alegrón inaudito: en medio de un desorden de cosas tiradas, lo esperaba pacientemente el negativo de su película, cuyo título inocente no alcanzó a levantar sospechas. Con toda cautela y discreción, ahí pudo aprovechar para acabar de montarla, y hasta pudo sincronizar la banda sonora con música típica cubana de *jukebox*. La pudo proteger de una posible incautación disfrazando aún más el título: *Gente del pueblo*. El rechazo abierto fotografía; una completa pérdida de tiempo y esfuerzo. En una llamada telefónica previa al ultimátum, me había dicho que como mucho me ayudaría si me metía a estudiar una licenciatura en Ciencias Sociales, «o como carajo se llamen esas cosas que tampoco sirven para nada». Es cierto que los estudios en la Universidad de Nueva York eran costosos, pero esa pretensión de oro y alhajas mostraba que la cosa no era lo que se decía. Mis hermanos mayores que habían hecho «lo correcto» eran apoyados en todo. Hasta en lo más extravagante: el festejo de un casamiento con más de mil invitados, el presidente Alfonsín entre ellos, en el salón más grande del Sheraton, con nueve orquestas en vivo, banqueros, futbolistas, todo el jet set y medio Congreso de la Nación… Yo no quería ser como mi hermano, no quería eso para mí.

Fue entonces cuando me decidí a construir un lugar que tuviera que ver con lo que realmente me interesaba.

de Almendros hacia el realismo socialista soviético y su interés por el cine de los disidentes checos y polacos, y su preferencia por los clásicos americanos, le habían creado un ambiente sumamente complicado.

Pero la gota que derramó el vaso fue la crítica elogiosa, que publicara en el semanario *Bohemia*, dedicada al documental *PM* (1961) realizado por Alberto *Sabá* Cabrera Infante y Orlando Jiménez Leal, cuya imagen del «hombre nuevo» no correspondía con los que el Estado cubano quería mostrar. El corto fue prohibido y de ahí se derivó, luego de los innumerables debates que provocó, el famoso y determinante discurso de Fidel Castro, *Palabras a los intelectuales*, donde afirmaba: «Dentro de la Revolución, todo; contra la Revolución, nada». Sin embargo, la apreciación estética no era la discrepancia única de Almendros. A esta se sumaban otras cuestiones fundamentales,

Utilizaría los recursos que tenía a mi alcance y, sin academia ni capital para arriesgar, seguiría haciendo cursos, pero, sobre todo, aprendería trabajando y me buscaría un empleo en la industria del cine. Así es como un amigo me pasó el dato de oro: Argentina Sono Film estaba buscando gente para la producción de la película *Kindergarten*, que comenzaba en unos días. Mi amigo me indicó que preguntara por un tal Burino. Un martes a media mañana me acerqué a las oficinas de la productora. El tal Burino fue a verme a la recepción y me preguntó qué necesitaba. Fui directo al grano:

—Quiero trabajar en la producción de *Kindergarten*.

Quiso saber qué experiencia tenía y preferí no inventarle; respondí que ninguna. Se agarró la barbilla, mientras con las pupilas miraba hacia algo inexistente, e hizo un silencio que interrumpió cuando escuché que decía:

—Meritorio, solo podría ser de meritorio... pero ya no

que excedían el marco de lo exclusivamente artístico y que lesionaban los derechos humanos. La cúpula de la Revolución y sus burócratas comenzaron a señalarlo como un elemento contrarrevolucionario por su postura crítica ante la falta de pluralidad y de libertades individuales. Almendros se vio profundamente afectado, en lo particular, por la manera en que el régimen trataba a los homosexuales, internándolos en campos de trabajo forzado llamados de manera eufemística, Unidad Militar de Ayuda a la Producción (UMAP). Para la incipiente Revolución, la homosexualidad era una conducta desviada típicamente burguesa, que debía ser reformada.

Mientras tanto, en Francia se empezaban a innovar los métodos de iluminación por medio de la reflexión (antes se filmaba en decorados construidos en estudio y sin techo; proyectaban luces desde arriba, sobre los queda más lugar. —Vio mi cara desencajada por la decepción mientras me despedía. Cuando ya caminaba hacia la escalera de salida, de espaldas a él, escuché—: Pará, pará un segundo, ¿tenés auto vos, pibe?

-—Sí, tengo.

—¿Qué auto?

—Un Renault 18 GTX.

—Listo, estás contratado, empezás mañana. Vas a ser el chofer de la señora Borges.

Intentaba expresarle mi agradecimiento cuando Burino me interrumpió la intención:

—Ah, venite presentable y también asegurate de que tu auto esté limpio y que huela bien, nada de esos desodorantes con olor a hotel barato. No sé si tenés alguna noción, pero Graciela Borges es la actriz argentina más aclamada en los festivales del mundo. ¡Es la diva máxima!

intérpretes y los decorados). Con la *nouvelle vague* se retomó el rodaje en decorados naturales y se hizo necesario modificar las técnicas de iluminación. La luz difusa llegaba no solo desde arriba, rebotada contra el cielorraso, sino también desde los lados, las ventanas o las lámparas, es decir, desde las fuentes luminosas naturales de un lugar. Se pasó a utilizar cada vez más una fuente única de luz, como suele darse en los escenarios naturales. Años después Almendros diría: "Tengo poca imaginación; busco inspiración en la naturaleza, que me ofrece infinidad de formas. Reproduzco en la película lo que el ojo vería en la realidad."

Con todo ese aprendizaje y la experiencia ganada, así como la fundación de lo que posteriormente sería la Cinemateca, Cuba había resultado la mejor escuela para Almendros. Pero ese viaje claramente tocaba a su fin, ya que luego

Para trabajar en la industria del cine, al menos en la Argentina, es necesario haberse desempeñado primero como meritorio (un soldado raso sin amor propio, ni superyó) en un largometraje de producción nacional. Esas eran las condiciones que el Sindicato del Cine Argentino (SICA) imponía para el que quisiera hacer de esa actividad su carrera profesional. Y yo pretendía exactamente eso. Los de Sono Film no eran justamente un ejemplo de prolijidad: no tenía un contrato por escrito, ni ninguna constancia formal de estar haciendo lo que exigía el sindicato, pero eso no me preocupaba porque mi nombre figuraría en los créditos de la película y, una vez estrenada, me deleitaría con mi logro de autosuperación. Es cierto, no sería egresado de una universidad como la de Nueva York, pero haría una carrera con mucho adoquín y sudor. Como buen meritorio, yo debía desdoblarme y responder a las órdenes e instrucciones,

de discutir en la Asociación de Críticos Cinematográficos el que le otorgasen el primer premio a la película soviética de Chujrai, *Ballade o soldate,* y no a *Les quatre cents coups* de François Truffaut, lo despidieron de *Bohemia.* Fue entonces que Almendros decidió marcharse de Cuba a su tercer exilio. Aun cuando la *nouvelle vague* lo había deslumbrado, él prefería a Frank Capra, pero igual tuvo la idea descabellada de que algo podía hacer en el cine francés. Y se fue a París. Y no se equivocó.

Dice Almendros en *Algunas consideraciones sobre mi oficio*:

«Si tuviera que dar un consejo a las personas deseosas de convertirse en directores de fotografía, les sugeriría, más que ir a una escuela, que tomaran una cámara de 8 o 16 mm y filmasen cualquier cosa; empezaran a cometer

generalmente contradictorias, de cuatro comandantes en jefe
que se manejaban con estricta verticalidad: Burino, el jefe de
producción; Víctor Bo, productor general; Jorge Polaco, el
director y Esteban Courtalón, el director de fotografía.

Alberto Burino era un gran tipo. Las ojeras le llegaban a
las rodillas y tenía mirada de labrador chocolate. Honesto
hasta la médula, manejaba a la perfección la caja chica y no
te soltaba hasta que le entregaras el último recibo, incluso,
del tornillo que te habían mandado a comprar en plena
madrugada. Víctor Bo tenía tantos aires de grandeza como
el tamaño de su protoplasma: 1.95 metros, macizo y con
músculo hasta en la nuez de Adán. Jorge Polaco, con sus
anteojos sin montura, su piel escandinava, de voz aflautada y
modales suaves, aunque muy temido por todos, era cauteloso
con sus superiores y feroz en el trato con los subordinados.
Su relación conmigo se basaba en una dialéctica de puro

*equivocaciones para aprender de ellas. Les instaría igualmente a que fuesen
al cine con frecuencia. Los directores acostumbran a ir al cine, pero muchas
personas de mi oficio creen que pueden hacer películas sin necesidad de molestarse
en ver lo que hacen los otros. Esto es algo que siempre me ha asombrado, porque
¿cómo se puede hacer algo nuevo, si no se tiene idea de lo que se ha hecho antes?
Estoy convencido de que ver los clásicos del cine en las filmotecas es la mejor
escuela. Para aprender iluminación es también útil frecuentar los museos de
pintura, examinar ilustraciones en los libros de reproducciones, desarrollar una
apreciación de las artes».*

En una de las cartas que le dirigiera Herminio Almendros a su amigo
Alejandro Tarrago (exiliado en Chile), entre 1948 y 1972, el padre de Néstor
comenta sobre su salida de Cuba (Sergio, el hermano de Néstor, aún seguía

abuso. Más allá de que yo fuera el meritorio de producción, un perejil a quien se le achacara todo lo que saliera mal, a quien está prohibido agradecer, que para todo está disponible y para quien ninguna orden puede ser entendida como un exceso, a Polaco le divertía aprovecharse de mi subordinación incondicional: «¡Produccióóóón!», ese alarido violento al que recurría como un acto reflejo ante la mínima contrariedad y que le encantaba ladrarme al oído en intervalos regulares de treinta segundos. Esteban Courtalón, conocido en el ambiente como «Pucho», era el que mejor me caía; el niño mimado del director Carlos Sorín, había dirigido la fotografía de, entre otras, *La película del rey* y *Eterna sonrisa de Nueva Jersey*, con Daniel Day Lewis. El fotómetro colgando del cuello hasta para ir al baño, de trato afable, miraba a los ojos mientras hablaba, tenía un bigote a lo Dalí, usaba una colita en la nuca aunque era casi completamente calvo. Siempre

trabajando en la industria gráfica en La Habana, pero más tarde también se fue al exilio):

«La Habana, 13, septiembre, 1963
Mi muy querido Alejandro:
Tenemos noticias de Néstor. Ha debido pasar un año malo. Salió de aquí con lo puesto, y de Barcelona no podían mandarle ayudas muy sustanciales, pues allí andan también a la greña con lo necesario. Pero Néstor es de una conformidad casi ascética, y hace amistades y se hace querer.
Hace poco se lo llevaron un mes a Londres. A su regreso ha empezado ya a trabajar en la TV de París. Ya salvó el escollo por ahora. Gracias por tu deseo generoso. Ya te avisaré si le llega otra ocasión comprometida. Ya

atento al bienestar de su gente, aclaraba que ellos eran un equipo, se movían juntos y se cuidaban unos a otros.

Yo hacía el trabajo que nadie quería hacer, era el pinche de producción, cumplía el servicio militar obligatorio de la industria del cine. No tardaría en descubrir que no era cierto que ya no había más lugar en los puestos de meritorio; yo era el único en toda la producción. Mi jornada comenzaba temprano por la mañana: recogía a la señora Borges en su domicilio de la Avenida Figueroa Alcorta para llevarla a la casona de Temperley, en la que se rodaban las escenas de interior. De inmediato debía regresar a las oficinas de la productora en el centro de la capital para ponerme a las órdenes de Burino, pero también de Bo (a veces peleaban por acaparar mis servicios). Me pedían que consiguiera las cosas más insólitas, como traer de inmediato una silla de ruedas de la época colonial, o tuercas de bordes hexagonales en

sabes que él dejó su envidiado puesto del Vassar College para venir aquí con la esperanza de poder hacer cine, que es lo que lo mueve en su vida. Vino con destacada preparación: había pasado tiempo en México y en Hollywood, siempre cerca de la producción cinematográfica, y un año de alumno en Roma, en Cine Citta (no sé si se escribe así); lleva además en la sangre el poso histórico de cultura, de sensibilidad, que lleváis los catalanes...; pero encontró su independencia de carácter aquí la persona limitada y de mala condición que le hizo imposible el trabajo que a él le ilusionaba. Sentí muchísimo que se fuera —no sé si lo volveré a ver—, pero su estado de ánimo era alarmante, y aconsejaba la salida».

Un catalán que supo ser cubano, así es como refería Guillermo Cabrera horas insólitas, buscar locaciones u obtener prestados objetos estrambóticos a cambio de una mención en los títulos finales. Luego, Bo me exigía que lo acercara a distintos lugares que solo tenían que ver con sus asuntos personales. En una de esas rondas, escuchando la radio de mi auto, nos enteramos del asalto al regimiento de La Tablada, esta vez, no por militares, sino por un grupo de ultraizquierda, Movimiento Todos Por La Patria, en el que murieron cuarenta y cuatro personas. Al escuchar la noticia, los ojos celestes de Bo se salieron de sus órbitas y perdió toda compostura; sacó su enorme cuerpo por la ventana y mientras golpeaba con las palmas de sus manotas las puertas del auto de mi padre, gritaba desaforado a todos los que hacían la cola esperando el colectivo en Plaza Once: ¡Viva Perón, carajo! ¡Volveremos! Apenas pasaba el mediodía, me pedían otra misión imposible: regresar a Temperley, porque me necesitaban en el set: que los de cámara precisaban

Infante a Néstor Almendros (dedicatoria en *Mea Cuba*, libro considerado como su testamento político). La amistad entre ambos da comienzo con la llegada de Almendros a Cuba en los años cuarenta. Los inicios en Europa para Almendros y para Cabrera Infante fueron muy duros, con grandes dificultades económicas, de supervivencia básica, según consta en la correspondencia que ambos mantuvieron. Cabrera Infante estaba en Bruselas, en misión diplomática, un exilio disfrazado, al que renuncia. En 1964 publica su novela *Tres tristes tigres* (Seix Barral). A pesar de las dificultades a las que se tuvo que enfrentar y que le costaron la carrera como actriz a su esposa, y luego de responder al encargo de un guion cinematográfico de José Massot, surgió el proyecto de *Wonderwall* (1968), que le permitió establecer su residencia en Londres hasta su muerte.

chonflex de todos los colores, que por qué el catering estaba retrasado, que les consiguiera pizza con Coca Cola, y que el director estaba furioso porque le urgía su kit para higienizarse la boca (un rito obsesivo, que realizaba cada dos horas cuando se ausentaba para ir al baño y regresaba sonriendo como una hiena mostrando las fauces limpias). Por las noches, y antes de conducir a la señora Borges a su domicilio, debía servirles tragos de colores a los productores que habían invertido dinero en el rodaje y se paseaban por el set vestidos de blanco con sombreros de paja.

Mientras tanto, mi relación con la tripulación de fotografía y cámara se fue afianzando. Les ofrecía ayuda, les cargaba cosas, les movía cajas, tiraba cables y trasladaba equipos. Nunca perdía la oportunidad de charlar con ellos en las pausas para almorzar o merendar. Les planteaba dudas técnicas y les preguntaba cosas algo insólitas, como por qué

Almendros y Cabrera Infante siguen desde distintos ángulos sus carreras alrededor del cine. Almendros deja de soñar con ser realizador y dirigir películas, y logra colocarse firmemente como cámara y director de fotografía. Mientras, Cabrera Infante continúa abriéndose paso por medio de la literatura escribiendo y, también, haciendo guiones de cine. Sus personalidades son contrastantes y en ocasiones su amistad sufre altibajos, ya que Cabrera Infante tenía un carácter iracundo con reacciones desproporcionadas y, en cambio, Almendros se destacaba por ser más reflexivo y tomarse las cosas con calma. Es claro que el exilio los afecta de manera distinta, pero, al fin y al cabo, su amistad perdura con el tiempo.

Entre su correspondencia podemos leer la respuesta de Almendros a la lectura de *Tres tristes tigres*:

el operador de cámara se cubría con una manta negra, o por qué ponían las manos y los pies de esa manera cuando yo los ayudaba a empujar el dolly, por qué Pucho cerraba un ojo y miraba a través de ese agujerito que formaba con sus dedos índice y pulgar. Todos ellos disfrutaban respondiendo y enseñándome con paciencia. Un día, ante mi curiosidad, Pucho me invitó a mirar a través de la óptica de la cámara, la puesta que acababa de diseñar. Increíble, yo arriba del carrito, apoyando mi ojo en el visor de una Arriflex, mientras la tripulación empujaba para que yo apreciara cómo quedaría ese plano secuencia tomado con un travelling lateral. No podía creer que yo fuera el primero en ver a través de la lente lo que luego se exhibiría en los cines. Debo admitir que me temblaban las piernas. Desde entonces, privilegios como ese se repetirían varias veces. Pero lo que llamaba mi atención era que toda explicación fuera introducida y concluida con

La terminé: ¡Bravo! ¡Bravo! ¡Bravo! Estoy encantado. Por fin la obra que siempre esperé de ti, a tu imagen y semejanza. Ya no tengo que defenderte más: ahora les diré, léanlo. Será el libro tapabocas. Hay muchas personas que uno admira, que uno sabe que valen, que tienen genio, aunque no haya una obra que lo pruebe, este era tu caso antes de los *Tres tristes tigres*...

Ya nos podemos morir todos —los de nuestra generación en La Habana—, quiero decir que nos podemos morir con cierta consolación: aquellos días no se habrán perdido totalmente, no habrán pasado en vano. Tu libro los recoge fielmente y aún los sobrepasa convirtiendo gentes y lugares en puro mito.

Aun así, Almendros es comprensivo con aquellos que siguen el camino de la Revolución, como su hermana María Rosa, quien estuvo casada con el escritor Edmundo Desnoes, y que custodia el legado del padre. Pero, también, la fórmula: «Porque así lo hace el maestro, y como él llegará en cualquier momento, debemos seguir sus procedimientos al pie de la letra.» Al principio el mantra pasó inadvertido, pero después de compartir tanto tiempo con ellos y al seguir escuchando «porque así lo hace el maestro...», me empezó a invadir la necesidad irrefrenable de saber a quién se referían. ¿Quién era el maestro?

Mientras duró, la relación con la Borges fue cordial. Desde el primer día en que subió al auto, se comportó amable y cálida conmigo. Nunca me miró con displicencia. A veces iba alterada, pero jamás me hizo desplantes de diva. En el asiento de atrás iban la maquilladora y el peluquero personal. La señora Borges me trataba con respeto y se interesaba por mi vida privada, aunque me hablaba como si yo fuera un peón de su estancia. Cada tres palabras me aseguraba que yo era «amoroso» y repetía cuánto me agradecía por llevarla en un

en algún momento le preguntó a su amigo Cabrera Infante, cómo es que en su novela *TTT* ninguno de los personajes es homosexual.

Almendros no se había equivocado al no volver a Cuba, pero las cosas en París no resultaron nada fáciles. A su llegada, contactó con su amiga Mary Meerson de la Cinémathèque, quien organizó una exhibición privada de *Gente en la playa*, que salió libre de sospechas de La Habana con el título de Gente de pueblo. «Esto es cinéma vérité», proclamó entusiasmada Mary, ante la sorpresa de Néstor, que no tenía idea de que él también había llegado a ese tipo de cine intuitivamente. Jean Rouch era el impulsor de esa escuela en Francia y seleccionó la película de Almendros para su proyección en el Museo del Hombre y su inclusión en el Festival dei Popoli, en Florencia. Sin embargo, a su vuelta, seguiría siendo invisible para el mundo del cine auto así, con aire acondicionado. Un día, cuando cruzábamos un puente sobre el Riachuelo, me comentó que ella había conocido a mi padre, que también era un «amoroso», e incluso había aportado dinero para su película *Pobre mariposa*, en la que ella interpretaba a una locutora judía en la Argentina de 1945. Sin embargo, el romance con la señora Borges llegó a su fin una calurosa mañana de febrero, en la que empezó a salir humo del capó del auto y el motor se murió de repente en un semáforo de la avenida Calchaquí. Fue un engorro conseguir un teléfono público para pedir ayuda, y luego, esperar al remolque del auxilio mecánico durante dos horas adentro del auto, en ese agobiante verano del 89. A la señora le rodaban por la cara las gotas de transpiración, y tanto la maquilladora como el peluquero hacían lo imposible para calmar a la diva. Una vez que llegó la grúa y terminó de colgar el auto para remolcarlo, el mecánico nos indicó que ya todo estaba listo

europeo. Regresó a sus clases de español y procuró hacerse invitar a algunos otros festivales.

De nueva cuenta, el espíritu reflexivo de Almendros lo llevó a mantener grandes conversaciones con Rouch y con Maysles durante tres años; en ese espacio y con distancia emocional alcanzó a ver que su pensamiento cinematográfico se había recargado en una postura de reacción, y aunque fueron unos años duros para el artista, hacer consciencia y analizar y ver su propia producción y la de los otros, le permitió moverse de lugar, y alcanzar un pensamiento innovador. Escasos son los artistas que consiguen ser autocríticos y reflexivos hacia su propia obra y conceptos, y de ahí que la innovación sea tan selectiva. Para mantenerse dentro del ámbito del cine y a la vez ganarse la vida, Néstor comenzó a trabajar como operador, y así y que podíamos subir y sentarnos a su lado. La Borges se abanicaba con el guion del día y lloraba desconsolada sobre el hombro del peluquero. Tardamos unas tres horas en llegar a la casa de Temperley. Allí se bajaron ellos y fueron recibidos por un séquito de asistentes, que esperaban a los damnificados, como si acabaran de ser liberados por un pelotón del Vietcong. Yo seguiría el viaje hasta un taller mecánico de la zona. Se había cortado la correa del aire acondicionado, un hecho absolutamente fortuito sin el cual nunca hubiera sido posible la serie de acontecimientos que se desencadenaron, a partir de ese golpe del azar, y gracias al cual conseguiría mi traslado a la dirección de fotografía. Esa misma noche, una vez que logré regresar a mi casa con el auto reparado, me encontré con un mensaje en el contestador automático, en el que Burino me comunicaba que ya no seguiría siendo el chofer de la señora Borges.

fue como ese medio lo llevó al encuentro con el núcleo de su pasión: la fotografía en el cine.

El punto y aparte en la carrera cinematográfica de Almendros apareció como una epifanía, mientras presenciaba el rodaje del sketch de Éric Rohmer para *París vu par...* El director de fotografía discutió con Rohmer y lo plantó. En ese momento, el productor no podía conseguir quien lo sustituyera, y ahí saltó Néstor: «¡Yo soy operador!» Tremendo golpe de suerte —pensó—, aunque sea por un día probarán mi trabajo. En esa película, además de Rohmer, intervenían en la dirección: Claude Chabrol, Jean-Luc Godard, Jean-Daniel Pollet y Jean Douchet. Al visionar el copión, todos ellos quedaron más que satisfechos y Almendros consiguió terminar la película como director de fotografía.

Al día siguiente, Polaco se cruzó conmigo y le dio el toque final a nuestra relación. Yo cargaba con dos trípodes, uno en cada hombro; convencido de que nadie miraba, se colgó arriba de mi espalda y me susurró al oído:

—¡Hay que sufrir, la gente de producción debe sufrir...!
—Yo trastabillé y casi pierdo el equilibrio.

Polaco había cruzado una línea roja. Mientras yo entregaba los trípodes al equipo de cámara, escuché una discusión acalorada en la que Pucho me defendía frente a Polaco, y que significó para mí el indulto final que me garantizaba dejar de sufrir los abusos del director. Durante la pausa para almorzar, Courtalón me pidió que me sentara con su equipo; tenía que hacer algunos anuncios. Todos se quejaron del *catering* de ese día, la comida no alcanzó y la gente de vestuario y de escenografía se había quedado sin comer. El clima estaba bastante enrarecido. Curiosamente, no había

Si bien Almendros se formó cinematográficamente en Cuba, fue la Televisión Escolar Francesa, la que le dio oficio. Recomendado por Rohmer, llegó a realizar más de veinte documentales, los que le permitieron por dos años, de 1965 a 1967, experimentar diferentes técnicas de cámara. En 1966, también Rohmer propicia su debut, al convocarlo para *La Collectionneuse*, que sería el primer largometraje bajo la dirección de cámara de Néstor Almendros. A partir de ahí, llegó a dirigir hasta tres o cuatro películas por año, haciendo un total de veintiocho largometrajes, además de trabajar en otro tanto de películas y documentales, antes de su muerte prematura a los sesenta y un años.

Como el mismísimo François Truffaut, y otros grandes del universo cinematográfico, Terrence Malick, Martin Scorsese, Alan J. Pakula, Mike productores a la vista y el director con su equipo de asistentes ya se había retirado. Pucho se acomodó los mechones de pelo que le caían en la cara. Se veía preocupado. Yo, en cambio, hacía esfuerzos por disimular mi entusiasmo; me sentía incluido en ese grupo de profesionales.

—Muchachos, quiero comentar algunas novedades —arrancó Pucho con seriedad—. Para empezar, les pido disculpas a los que no hayan cobrado el cheque de la quincena y por esa razón les comunico que, por falta de pago, la filmación queda suspendida hasta la semana que viene. Se votó en el sindicato, y yo estuve a favor de la medida: habrá paro. Dada la situación de la economía, era de esperar que los productores en algún punto empezaran a escatimar los recursos prometidos. Pero nosotros no somos su variable de ajuste. —Continuó, con tono grave, pidiendo que cuando terminara la reunión, recogiéramos todas las cosas y que

Nichols, Robert Benton (su director fetiche y gran amigo), además de Éric Rohmer, por supuesto, no hubo quien no amara cómo Néstor Almendros esculpía la luz: justificada, cotidiana y natural. Fue enemigo acérrimo de la iluminación artificial y de los focos de montaje, que los calificaba como «un disparate de luces que acentúan todos los defectos». Su influencia fue decisiva para que su amigo argentino, Manuel Puig, pudiera publicar su primera novela *La traición de Rita Hayworth*. Con su pasión por la fotografía y la luz, Néstor Almendros supo mostrar la belleza de lo feo; la pobreza no podía mostrarse hermosa, pero sí bella estéticamente. Logró, a la vez, hacer realidad los deseos artísticos del director, incluso cuando estos no hubieran emergido explícitamente. Ensambló con armonía los elementos naturales y los artificiales, así como los juegos de temporalidad de las secuencias. Su guardáramos los equipos bajo llave. También, dejó claro que todos estábamos eximidos de cualquier obligación hasta el lunes. Por último, anunció que a partir de ese momento, yo pasaba a formar parte de la tripulación y que trabajaría exclusivamente para el equipo de fotografía y cámara—. Métanselo en la cabeza —remarcó—: ya no es un pinche de producción. Es uno de los nuestros. Bienvenido, querido Daniel. Y para terminar, algo que estaban esperando desde la preproducción: acabo de recibir confirmación de que el maestro aterrizará en Buenos Aires en cuanto se reanude el rodaje. Recordarán que fue contratado para evaluar la imagen del visionado final y supervisar los trabajos de edición. Lamentablemente, no lo podremos aprovechar como imaginábamos, sigue varado en Nueva York con sus tareas al servicio de Scorsese. Ustedes saben que aunque sean solo un par de minutos, habrá valido la pena. De más está

sensibilidad plástica le permitió echar mano de espejos, velas y lámparas portátiles. Pero, sobre todo, utilizó su poder para dominar a voluntad la poderosa luz del sol.

Pero no todo es pasión. Un director de fotografía requiere de un bagaje cultural sólido, además de una estética plástica intuitiva y esculpida por medio del conocimiento. Y, justamente, la presencia de Néstor Almendros en la fotografía llega en el momento en que, luego de una década de gran productividad, la estética del cine se había empobrecido. Este excepcional artista de la luz y del cuadro logró con su técnica propia sintetizar lo viejo y lo nuevo, dar la bienvenida al color y otorgar a cada film su propia personalidad creando una atmósfera original única, en medio de una riqueza y textura de luces. Y arriba a ese milagro lumínico inspirado por medio del cuadro, en la aclarar que pueden venir al visionado de esta noche. Daniel, vos también. ¿Alguna pregunta?

Todos se quedaron en silencio. Algunos recogían cosas de la mesa y otros comenzaron a pararse. De repente, no pude conmigo mismo y levanté la mano. Tímidamente y en voz bajita, ante un asistente que me miraba incrédulo, pregunté:

—¿Quién es el gran maestro del que hablan todos los días?

Courtalón se frotaba las manos. Cerró los ojos y sonrió mientras asentía con la cabeza. Se le hacía agua la boca:

—Un artesano de la luz, el inventor de *la hora mágica*, un delirante que lograba filmar el fuego con la luz del fuego, un español que eligió ser cubano...

De inmediato, pensé en *Días de una cámara*. Entonces, pregunté:

—¿Están hablando de Almendros?, ¡¿de Néstor Almendros...?!

Sabía que el maestro era muy parco, pero la sola idea de

manifestación natural de la luz del sol como fuente única de iluminación. Supo escuchar las voces pacíficas de las líneas horizontales y la violencia de la verticalidad; la sensación de movimiento de la diagonal, y la alegría de la curva en movimiento y su sensualidad en modo circular.

Cuatro veces fue nominado al Oscar de la Academia de las Artes y las Ciencias Cinematográficas. En 1978, con la película *Days of Heaven (Días del cielo o Días de gloria)*, pudo por fin tener entre sus manos la estatuilla dorada como premio a la «mejor fotografía». En *Días del cielo*, Almendros y Malick le impusieron a la producción su modo circunstancial de trabajar, huyendo de cualquier plan convencional de filmación. Terrence Malick, el director, un naturalista a ultranza que pretendía, y lo logró con creces, plasmar la imagen de una época en la que aún no existía la electricidad. A esa altura de su carrera, escuchar sus comentarios sobre el trabajo realizado, la imagen de verlo mirando, el privilegio de seguir sus indicaciones, hipnotizarme con la verborragia de esas manos que decían lo que sus labios callaban, me devolvió a ese sentimiento epifánico de ser correspondido por un gran amor.

La filmación se reanudó y, a pesar de los serios problemas de dinero, el rodaje llegó a su fin. Sin embargo, mis fantasías de realización perdieron el poco color que les quedaba. Almendros no recibió su adelanto, mucho menos el pasaje prometido. El camino no fue lo que se dice una autopista recién pavimentada. Si el plan de rodaje se cumplió casi a rajatabla, todo lo que siguió al sonido de la claqueta final, fue un festival de improvisaciones fuera de guion. Mi contacto con Courtalón se interrumpió para siempre. No llegué a ver el copión de las últimas jornadas de trabajo, mucho menos el crudo de cámara y ni hablar del corte final. La película

Almendros ya contaba con el prestigio y la experiencia necesarios para poder romper con la manera tradicional de planificar los rodajes en la industria hollywoodense y se consagró como el genio de la iluminación al acuñar la idea de la hora mágica: se rodaba solo durante veinte minutos por jornada durante ese breve espacio de tiempo y de luz que va desde que se pone el sol hasta que se hace de noche. Las horas del día se utilizaban exclusivamente para ensayar los movimientos de cámara, el trabajo de los actores y el rol de cada uno de los miembros de ese enorme ejército de técnicos involucrados para que las secuencias salieran casi en una única toma. Al recibir el galardón, allí estaba Néstor Almendros, como un Peter Sellers, de esmoquin y un moño negro espectacular.

no pudo estrenarse en la Argentina; las copias habían sido secuestradas por la Justicia, como medida cautelar ante una lluvia de denuncias por supuesto abuso de menores y varias escenas que ofendían la moral pública. Como no podía ser de otra manera en una película de Jorge Polaco, los sectores ultraconservadores cargaban las tintas por secuencias en las que aparecía un nene adentro de una bañadera forcejeando con la Borges hasta que lograba escaparse; varios niños jugando sin ropa bajo las fuentes de un enorme parque arbolado y abundaban las escenas con adultos desnudos delante de menores de edad. *Kindergarten* fue la primera película censurada en la frágil democracia recuperada en 1983 y solo pudo ser exhibida en algunos cines de Punta del Este, en Uruguay. Sin embargo, en la Argentina, recién se estrenó, a partir de una copia restaurada, en el año 2010, durante el Festival Internacional de Cine de Mar del Plata.

Nunca, desde 1989, supe si mi nombre aparecía en títulos. Cuando todavía conservaba la ilusión de trabajar en la industria, intenté por todos los medios conseguir alguna constancia de mi papel en esa producción. Mis esfuerzos resultaron infructuosos; no figuraba en ningún registro de la filmación. Cuando quise usar el as que tenía guardado bajo la manga y hablar con Burino, me comunicaron que había muerto en la autopista 25 de Mayo embestido por un camión, mientras cambiaba la rueda de auxilio. Treinta años después, una amiga que vive en Madrid me confirmó que mi nombre es el último que aparece en los créditos de la película, que se puede ver en *YouTube*.

Y el maestro, nunca llegó...